100nen-meisaku

100年《ねん》後《ご》も読《よ》まれる名《めい》作《さく》⑪

オズの魔《ま》法《ほう》使《つか》い

作／L・フランク・ボーム　編訳／中村 航
絵／okama　監修／坪田信貴

もくじ

1 うそでしょ!? ぐるぐる竜巻《たつまき》!!

みなさんは「**竜巻**《たつまき》」を知《し》っていますか？
竜巻《たつまき》とは、ぐるんぐるんとうずを巻《ま》きながらゆっくり移動《いどう》する、とっても強《つよ》い風《かぜ》のこと。もしも竜巻《たつまき》が街《まち》にやってきたら、帽子《ぼうし》もメガネも、車《くるま》も家《いえ》も、看板《かんばん》も電信柱《でんしんばしら》も、みーんなふき飛《と》んでしまうでしょう。
そんな恐《おそ》ろしい竜巻《たつまき》が、なんと**ドロシー**の住《す》んでいる街《まち》・**カンザス**にやってきてしまったのです！

そのときドロシーは、ベッドの上《うえ》で**子犬《こいぬ》のトト**と遊《あそ》んでいました。いつも無口《むくち》なヘンリーおじさんは、家畜《かちく》の世話《せわ》をしていました。とってもやさしいエムおばさんは、台所《だいどころ》でお昼《ひる》ご飯《はん》のしたくをしていました。

ゴゴゴゴゴーン！　ババババーン！

大《おお》きな音《おと》にびっくりしたドロシーは、急《いそ》いで窓《まど》のカーテンを開《あ》けて外《そと》を見《み》ました。

「えっ？　うそでしょ!?」

太《ふと》くて大《おお》きな竜巻《たつまき》がぎゅいん、ぎゅぎゅぎゅいんと音《おと》をたて、今《いま》にもドロシーの家《いえ》を飲《の》みこもうとしています。

「ドロシー！　かくれて！」

台所《だいどころ》にいたエムおばさんが、地下室《ちかしつ》へつづく階段《かいだん》へバタバタと走《はし》りました。ドロシーにも地下室《ちかしつ》へ来《く》るようにさけびましたが、時《とき》すでにおそし！

「うわあああん!!」

小《ちい》さな家《いえ》は竜巻《たつまき》の風《かぜ》の強《つよ》さにたえきれず、ぐわわわ、と、地面《じめん》から引《ひ》きはがされ、大空《おおぞら》へふき飛《と》ばされてしまいました。

「ドロシー！」

地下室《ちかしつ》にいたエムおばさんが、空《そら》にまいあがる家《いえ》に向《む》かってさけびました。

「ドロシー！」

無口《むくち》なヘンリーおじさんも、声《こえ》を上《あ》げました。

「エムおばさん！　ヘンリーおじさん！」

ドロシーは大空《おおぞら》にうかぶ家《いえ》の中《なか》から、ふたりに向《む》けて大声《おおごえ》でさけびます。

だけど声《こえ》はまるでとどかず、やがてエムおばさんもヘンリーおじさんも、見《み》えなくなってしまいました。

「ど、どうしよう……この家《いえ》はどうなってしまうの？　私《わたし》はひとりぼっちなの!?」

悲《かな》しくて、さびしくて、なによりこわくて、ドロシーは涙《なみだ》をぽたぽたこぼしました。

ドロシーはベッドの上《うえ》で、毛布《もうふ》を頭《あたま》からかぶります。そのとき、毛布《もうふ》のすみっこがモゾモゾと動《うご》きました。

「ク〜ン……ワン!」

「ト、トト!」

ひとりぼっちになってしまったと思《おも》っていたドロシーは、大好《だいす》きなトトを見《み》つけたのです。

「**うわーん!**」

ドロシーは、トトと顔《かお》と顔《かお》、鼻《はな》と鼻《はな》をくっつけて、わんわん泣《な》きました。トトもワンワン鳴《な》きました。

何時間《なんじかん》も泣《な》いてふたりはすっかりつかれて、ベッドの上《うえ》でそのまま眠《ねむ》ってしまいました。

そのあいだ、小《ちい》さな家《いえ》はひたすら大空《おおぞら》をさまよい、カンザスの街《まち》からどんどん遠《とお》ざかっていきます。

このふたり、これから一体《いったい》どうなってしまうのでしょう。

びっくりぎょうてん！　まかふしぎ！　世《よ》にも奇妙《きみょう》なドロシーとトトの大冒険《だいぼうけん》が、いよいよはじまったのです！

2 マンチキンの街《まち》

ドロシーを乗《の》せた飛行船《ひこうせん》（いや、ただしくはドロシーの家《いえ》ですね）は、竜巻《たつまき》に乗《の》って、はるか遠《とお》い場所《ばしょ》までふき飛《と》ばされてしまいました。

「……ねえ、ここはどこなの？」

深《ふか》い眠《ねむ》りからさめたドロシーは、不安《ふあん》でいっぱい。でも窓《まど》の外《そと》には、緑色《みどりいろ》の美《うつく》しい芝《しば》と、赤《あか》や黄色《きいろ》の花《はな》がずっと遠《とお》くまでひろがっています。ドロシーは思《おも》わずうっとりし、少《すこ》しだけ不安《ふあん》をわすれることができました。

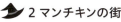

「ワン、ワワワン！」

「トト、どうしたの？」

犬《いぬ》は、人間《にんげん》の十万倍《まんばい》も鼻《はな》がききます。トトはどうやら、家《いえ》に近《ちか》づいてくる人間《にんげん》に、においで気《き》づいたようです。

トントン……。ドアをノックする音《おと》が聞《き》こえました。

「くらら。失礼《しつれい》します。けっして怪《あや》しいものではございません。どうか出《で》てきていただけませんか」

とろけそうなほどやさしい女《おんな》の人《ひと》の声《こえ》でした。声《こえ》を聞《き》いただけでいい人《ひと》だとわかったドロシーは、安心《あんしん》してドアを開《あ》けました。

「はじめまして。**マンチキン**へようこそ」

白《しろ》い帽子《ぼうし》をかぶり、白《しろ》いローブを着《き》た女《おんな》の人《ひと》が、にっこり笑《わら》いました。女《おんな》の人《ひと》のうしろに、全身青色《ぜんしんあおいろ》の服《ふく》を着《き》た変《へん》な三人《にん》の男《おとこ》もいます。全身青色《ぜんしんあおいろ》の服《ふく》を着《き》た人《ひと》なんて、ドロシーははじめて見《み》ました。

「私《わたし》たちはマンチキンの者《もの》です。このたびは本当《ほんとう》にありがとうございます」

青《あお》い服《ふく》の男《おとこ》のひとりが、ていねいに言《い》いました。いきなりお礼《れい》を言《い》われたドロシーはこまってしまいます。

「あの……、ありがとうって、一体《いったい》なんのことですか？」

「くららら。私《わたし》について、家《いえ》の裏《うら》まで、来《き》てください」

白《しろ》い帽子《ぼうし》の女性《じょせい》について、ドロシーとトトは家《いえ》を出《で》ました。だけどそのあと、大声《おおごえ》をあげておどろくことになります。

「きゃあ!! ど、どうなってるの!?」

ドロシーの家《いえ》の裏《うら》の軒下《のきした》で、なんと人《ひと》がおしつぶされているではありませんか！

その体《からだ》はぺしゃんこにつぶれ、**銀《ぎん》のくつ**をはいた足《あし》が二本《ほん》はみだしています。

「つぶれているのは、**東《ひがし》の国《くに》の魔《ま》女《じょ》**。マンチキンで悪《わる》さをはたらく、とてもひどい魔女《まじょ》です。ありがとう。あなたの家《いえ》が、この魔女《まじょ》をおしつぶしてくれたのです」

白《しろ》い帽子《ぼうし》の女性《じょせい》が話《はな》しおえると、雲《くも》の切《き》れ間《ま》から太陽《たいよう》のまぶしい光《ひかり》がさしました。すると東《ひがし》の国《くに》の魔女《まじょ》の足《あし》がドロドロととけはじめ、すっかりなくなってしまいました。

やがて銀《ぎん》のくつだけが、そこにのこったのです。

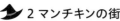

「やったー！　やったー！　東《ひがし》の国《くに》の魔女《まじょ》は完全《かんぜん》に消《き》えさったぞ！」

「われわれの国《くに》は、ついに自由《じゆう》だ！」

「ありがとうございます！　そこに落《お》ちてる銀《ぎん》のくつは、あなたにさしあげます！」

青《あお》い服《ふく》の三人《にん》の男《おとこ》たちが、こうふんさめやらぬ様子《ようす》で口々《くちぐち》に言《い》いました。

うそみたいだ、と、ドロシーはあっけにとられました。それからしばらくして、ようやくわれにかえったのですが、自分《じぶん》はまだ、なにも知《し》らないことに気《き》づきました。

「ねえ、ここは一体《いったい》どこ？　そして、あなたは一体《いったい》だれ!?」

「くららら。この国《くに》は『**オズの国《くに》**』です。オズの国《くに》は東《ひがし》、西《にし》、南《みなみ》、北《きた》に分《わ》かれていて、北《きた》と南《みなみ》にはいい魔女《まじょ》が、東《ひがし》と西《にし》には悪《わる》い魔女《まじょ》がいます。私《わたし》は**北《きた》の国《くに》の魔女《まじょ》**なのです」

「……じゃあ、ここは、北《きた》の国《くに》？」

「いいえ。ここは東《ひがし》の国《くに》のマンチキンという街《まち》です。東《ひがし》の国《くに》の魔女《まじょ》はマンチキンの人《ひと》たちをこき使《つか》い、自分勝手《じぶんかって》なことばかりしています。私《わたし》は……マンチキンの兵士《へいし》たちに助《たす》けをもとめられ、ちょうど今《いま》、この国《くに》へやってきたのです」

だけど正直《しょうじき》なところ、東《ひがし》の国《くに》とか、北《きた》の国《くに》とか、ドロシーにとってはどうでもいい話《はなし》でした。そんなことより、ドロシーは早《はや》くエムおばさんの家《いえ》に帰《かえ》りたいのです。

「北《きた》の国《くに》の魔女《まじょ》さん。私《わたし》たち、カンザスの街《まち》へ帰《かえ》りたいのです。どっちへ行《い》けばいいですか？」

「カンザスの街《まち》……。私《わたし》は聞《き》いたことがありません」

ドロシーはおどろきました。この人《ひと》が聞《き》いたことがないということは、自分《じぶん》たちは一体《いったい》、どれだけ遠《とお》くの国《くに》まで飛《と》ばされてしまったのでしょう。あまりにショックで、今《いま》にもたおれそうでした。

「おじょうさん、落《お》ちこまなくて大丈夫《だいじょうぶ》。私《わたし》の帽子《ぼうし》にどうすればよいか聞《き》いてみましょう」

北《きた》の国《くに》の魔女《まじょ》は、白《しろ》い帽子《ぼうし》をすばやくぬぎ、いち、にい、さん、と、呪文《じゅもん》をとなえました。するとなんと、帽子《ぼうし》が大《おお》きな黒板《こくばん》に変身《へんしん》したのです！

――**エメラルドの都《みやこ》へ行《い》くべし。**

その黒板《こくばん》の真《ま》ん中《なか》には、そんなことが書《か》かれていました。

「……エメラルドの都《みやこ》、って近《ちか》いのですか？」

「いいえ。けっして近《ちか》くはありません。でも行《い》き方《かた》は簡単《かんたん》。**黄色《きいろ》いレンガの道《みち》**をひたすら進《すす》めばよいのです」

北《きた》の国《くに》の魔女《まじょ》はさらにつづけます。

「エメラルドの都《みやこ》に着《つ》いたら、**オズの魔法使《まほうつか》い**にお会《あ》いなさい。その人《ひと》……いや、人《ひと》かどうかもわからないのですが……、そのオズの

魔法使《まほうつか》いなら、あなたの願《ねが》いをきっとかなえてくれるでしょう」
そう言《い》いおわると、北《きた》の国《くに》の魔女《まじょ》はドロシーのおでこに**キッス**をしました。ドキッとしたドロシーのほおが、ぽっと紅《あか》くそまります。
「旅《たび》のとちゅう、どんな敵《てき》がやってくるかわかりません。しかし、私《わたし》がキッスした人間《にんげん》に、悪《わる》さをする者《もの》はいません」
いつの間《ま》にかドロシーのおでこの真《ま》ん中《なか》あたりには、丸《まる》くてピカピカのキッスマークがついていました。

「エメラルドの都《みやこ》への旅《たび》、がんばってね。では、ごきげんよう」

北《きた》の国《くに》の魔女《まじょ》と青《あお》い服《ふく》の男《おとこ》たち三人《にん》は、いきなり、ぱっと消《き》えてしまいました。

「**ワオーン！　ワオーン！**」

トトがおたけびをあげました。

それは旅《たび》の出発《しゅっぱつ》の合図《あいず》だったのかもしれません。

ドロシーは心《こころ》に誓《ちか》いました。私《わたし》は、なんとしてもオズの魔法使《まほうつか》いに会《あ》うのだと。そして、カンザスの街《まち》に帰《かえ》してもらうのだと！

出発進行《しゅっぱつしんこう》！

東《ひがし》の国《くに》の魔女《まじょ》がのこしていった銀《ぎん》のくつをはき、ドロシーは黄色《きいろ》いレンガの道《みち》をめざして歩《ある》きだしたのです。

3 陽気《よう》《き》なかかし

「このくつ、意外《いがい》とぴったりだわ」

ドロシーはおしゃれな銀《ぎん》のくつをはいて、ちょっとうれしく思《おも》っていました。

黄色《きいろ》いレンガの道《みち》を、ドロシーたちはひたすら歩《ある》きます。そろそろひと休《やす》みしようと思《おも》ったその場所《ばしょ》は、背《せ》の高《たか》い茎《くき》が一面《いちめん》にひろがる、とうもろこし畑《ばたけ》でした。

「カカカシシ、おじょーうさん。ようこそ」

とうもろこし畑《ばたけ》のおくから、いきなり声《こえ》が聞《き》こえました。

「えっ？　えっ!?」
「おじょうさん。こっちだってば。カシカシシ」
「あ！」
そこにいたのは青《あお》い帽子《ぼうし》を深《ふか》くかぶった**かかし**でした。
かかしはわらでできているようでしたが、背中《せなか》にさおが通《とお》ってい
て、そこから動《うご》けない様子《ようす》です。
「カシシ。おいらは、この畑《はたけ》をカラスから守《まも》ってるんだけど、カラ
スってば、頭《あたま》がいいんだ。おいらバカだから、カラスと口《くち》ゲンカす
ると負《ま》けちゃう。バカだから、むずかしいこと、わかんないし」
「そんな……、自分《じぶん》のことをバカだなんて言《い》っちゃダメだよ！　ど
うして、そんなふうに思《おも》うの？」

「だっておいらには、脳《のう》みそがないんだってば。全身《ぜんしん》がわらででき
ていて、頭《あたま》の中《なか》もわらがぎっしり。はーあ、だれか、おいらに脳《のう》み
そを、くれないかな？」

ふーむー、と、ドロシーは考《かんが》えました。

「ひょっとしたら、オズの魔法使《まほうつか》いなら脳《のう》みそをくれるかもよ！」

「え？　そうなの？」

「オズは、この世《よ》のすべての願《ねが》いをかなえる、魔法使《まほうつか》いよ」

「まじ？　カシカシシ、ほんとに？」

わらのかかしは、こうふんしている様子《ようす》です。

「私《わたし》たちは今《いま》からオズに会《あ》いに行《い》って、カンザスに帰《かえ》れるようにお願《ねが》いするの。あなたもいっしょに来《く》る？」

「行《い》く行《い》く！　おじょーうさん、その前《まえ》においらの体《からだ》を、このさおから外《はず》してくれないかな？」

うん、とうなずいたドロシーは、かかしのさおにむすびつけられたひもを外《はず》してあげました。

「カシシシ！」かかしは、びよーんと、勢《いきお》いよく飛《と》びはねました。

「わーい、ありがとう。オズに会《あ》ったら**とびっきり上等《じょうとう》な脳《のう》みそ**をもらって、カラスのやつらを言《い》い負《ま》かしてやるってばよう！　絶対《ぜったい》あいつらをぎゃふんと言《い》わせてやる！　カシカシシ」

「ウウ、グルゥ」

急《きゅう》に飛《と》びあがったかかしを見《み》ておどろいたトトが、今《いま》にもかかしに、かみつこうとうなりました。

「トト、ダメよ！」

「ははは、大丈夫《だいじょうぶ》だよ！　おいら全身《ぜんしん》がわらだから、かまれたって、痛《いた》くもかゆくもないってば！　ただひとつこわいのは……」

かかしはぶるぶるとふるえました。

「火《ひ》のついたマッチかな。おいら、一瞬《いっしゅん》で灰《はい》になっちゃうから。あー、こわいこわいこわい」

そんな話《はなし》をするドロシーとかかしの前《まえ》には、黄色《きいろ》いレンガの道《みち》がずっとつづいているのでした。

4 さびた木《き》こり

「ねえ、ノドが、かわかない？」

黄色《きいろ》いレンガの道《みち》を歩《ある》きながらドロシーが言《い》いました。

「ふーん。おいらはまったくかわかないな。なにしろ全身《ぜんしん》わらだからね！　あ、森《もり》の向《む》こうから川《かわ》の音《おと》が聞《き》こえる。行《い》ってみようってばよう」

かかしはぴょんぴょんとはねながら森《もり》の中《なか》へ入《はい》っていき、しばらくしてから、ぎゃあ！　とさけびました。

「かかしさん、どうしちゃったの？」

ドロシーは小走《こばし》りで、森《もり》の中《なか》へ進《すす》みました。するとそこに、ひっくりかえったかかしと、斧《おの》を高々《たかだか》とかかげたひとりの男《おとこ》の人《ひと》がいました。よく見《み》ると、それは人《ひと》というより、全身《ぜんしん》がブリキでできた、ふしぎな**木《き》こり**です。

斧《おの》をかまえたまま、木《き》こりはぴくりとも動《うご》きません。

「ぐぎぐがが、どれだけぶりでしょうか。人《ひと》に会《あ》うのは」

たんたんとした口調《くちょう》でブリキの木《き》こりは言《い》いました。

「私《わたし》はもともと人間《にんげん》でしたが、わけあって、今《いま》はブリキの木《き》こりです。そしてこのとおり、雨《あめ》に打《う》たれてすっかりさびついてしまい、まったく動《うご》けないのです。かれこれ何年《なんねん》も前《まえ》から」

木《き》こりが悪《わる》い相手《あいて》ではないとわかり、ドロシーはひとまず安心《あんしん》しました。

「ずっとひとりで、このままだったの？」

「ええ。だから、たいへんおそれいりますが、私《わたし》の小屋《こや》へ行《い》って油《あぶら》さしを、取《と》ってきていただけませんか」

「うん、わかった。今《いま》すぐ取《と》ってくる！」

ドロシーは大急《おおいそ》ぎで小屋《こや》まで行《い》って、油《あぶら》さしを取《と》ってきました。

「これをさせば、動《うご》けるようになるのね？」

ドロシーがブリキの木《き》こりのあらゆる関節《かんせつ》に油《あぶら》を注《そそ》いでやると、木《き》こりはゆっくり動《うご》きはじめました。

「ぐぎぐぎぎ。どうやら、動《うご》けるようになったみたいです」

「うん、よかったね」

しかし、ブリキの木《き》こりはあまりうれしそうではありません。せっかく動《うご》けるようになったのに……。

「ねえ、木《き》こりさん、ひょっとして、うれしくないの？」

「いいえ。とても助《たす》かりました。うれしいです」

「そう？　うれしくても、顔《かお》に出《で》ないタイプ？」

「ぐがぎ。私《わたし》がうれしそうに見《み》えないのは、私《わたし》に**心《こころ》がない**からです。

うれしいとか、かなしいとか、腹《はら》が立《た》つとか、楽《たの》しいとか、そういうのが、よくわからないんです。人間《にんげん》のときに東《ひがし》の魔女《まじょ》に魔法《まほう》をかけられ、心《こころ》をぬきとられ、体《からだ》をブリキにされたものですから」

「カシカシシ、だったらさ、だったらさ」

かかしがうれしそうに言《い》いました。

「だったら、おいらたちといっしょに、オズに会《あ》いに行《い》こうよ」

「オズ、ですか」

「そうだよ！　オズはなんでも願《ねが》いをかなえてくれる、この国一《くにいち》の魔法使《まほうつか》いさ。おいらは脳《のう》みそをもらう。ドロシーはふるさとに帰《かえ》る方法《ほうほう》を教《おし》えてもらう。君《きみ》は、オズに心《こころ》をもらえばいいってばさ！」

「心《こころ》があれば、うれしいとか、かなしいとか、わかるようになりますかね？」

「もちろんだよ、カシシシ」

「では……人《ひと》を好《す》きになることも！」

「ふふふ。きっとできるよ！」

ドロシーははずんだ声《こえ》で言《い》いました。

こうしてブリキの木《き》こりもいっしょに、エメラルドの都《みやこ》へ向《む》かうことになりました。

ドロシーはノドがかわいていることを思《おも》いだし、小川《おがわ》の水《みず》をすくって飲《の》みました。

水《みず》はとっても美味《おい》しくて、トトといっしょにお腹《なか》いっぱいになるまで飲《の》んだのでした。

5 弱虫《よわむし》ライオン

黄色《きいろ》いレンガの道《みち》は、ブリキの木《き》こりに出会《であ》った森《もり》から、さらに深《ふか》い森《もり》のおくへとつづいていました。

「ねえ木《き》こりさん。エメラルドの都《みやこ》って、どれくらい遠《とお》いか知《し》ってる？」

「ぐぎが。よくわかりません。ただ、私《わたし》の父《ちち》が一度《ど》都《みやこ》へ行《い》ったことがあって、それはもう危険《きけん》がいっぱいの、長《なが》い旅《たび》だったそうです」

「そうなんだ……」

ドロシーがうなだれたときでした。脇道《わきみち》の木《こ》かげから大《おお》きな獣《けもの》がいきなり飛《と》びだしてきました。

「**がおがおがお！**」

「ひえ〜〜」

わらのかかしは、ぽん、とはたかれただけで、ふっ飛《と》ばされてしまいました。

「**がおう！**」

「ああ……」

ブリキの木《き》こりは大《おお》きな爪《つめ》で引《ひ》っかかれ、その場《ば》にたおれました。

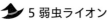

その獣《けもの》は百獣《ひゃくじゅう》の王《おう》**ライオン**でした。大《おお》きなライオンが、今度《こんど》は小《ちい》さなトトをにらんで牙《きば》をむき、今《いま》にもかみつきそうにしています。

それを見《み》たドロシーは、思《おも》いっきりライオンの鼻《はな》づらをひっぱた

き、ライオンを怒鳴《どな》りつけました。

「こらあ!!　あんた、トトをかんだらしょうちしないわよ!!」

その大声《おおごえ》に、ライオンはびっくりぎょうてん。耳《みみ》をふさいでちぢこまりました。

「ご、ごめんなさい！　ぼく、かんだりしません！　ゆるしてください！　がお」

「大《おお》きな獣《けもの》のくせに、小《ちい》さな子《こ》

犬《いぬ》をかむなんて、恥《はじ》を知《し》りなさい！　弱虫《よわむし》！」

「だ、だからぼく、かみませんってばあ！　でも、たしかに、ぼくは弱虫《よわむし》の中《なか》の弱虫《よわむし》。この世《よ》でいちばん弱虫《よわむし》なライオンなんです」

「ふふん。カシカシシ、どうして君《きみ》はそんなに弱虫《よわむし》なんだい？」

さっきふっ飛《と》んだばかりのかかしが、ぴょんぴょん飛《と》びはねながら言《い》いました。全身《ぜんしん》がわらなので、ふっ飛《と》ばされても痛《いた》くもかゆくもないのです。

「それはたぶん、ぼくに**勇気《ゆうき》がない**からでしょう、がお」

「ぐぎぎ、勇気《ゆうき》があれば、弱虫《よわむし》じゃなくなるんですか？」

ブリキの木《き》こりが立《た》ちあがりながら言《い》いました。大《おお》きな爪《つめ》で引《ひ》っかかれても、ブリキなのでまったく大丈夫《だいじょうぶ》のようです。

「はい。勇気《ゆうき》さえあれば、きっと強《つよ》くなれるし、もっとやさしくなれると思《おも》います。がお！　ぼく、ホントは森《もり》の生《い》き物《もの》たちを守《まも》る、強《つよ》いライオンになりたいんです！」

その話《はなし》を聞《き》いたみんなは、最初《さいしょ》はちょっとあきれていましたが、だんだんかわいそうに思《おも》えてきました。

「じゃあ……どうやらこの子《こ》も、つれていくしかないわね」

「ワン！」

トトも同《おな》じ考《かんが》えでした。

ドロシーはライオンにオズの魔法《まほう》の話《はなし》をしました。ライオンはしっぽをぶるんぶるんふりながら「がおがお、つれてってください！」と言《い》います。

こうしてドロシー、トト、かかし、木《き》こり、ライオンは、なにかあったときはみんなで助《たす》け合《あ》うことを条件《じょうけん》に、ともにエメラルドの都《みやこ》へと向《む》かうことになりました。

偉大《いだい》なるオズに会《あ》うために。

そして、それぞれの夢《ゆめ》や願《ねが》いをかなえるために！

6 深《ふか》い谷《たに》のカリダー

その日《ひ》はドロシーたちにとって、まさに文字《もじ》どおり「山《やま》あり谷《たに》あり」の一日《いちにち》となりました。

けわしい森《もり》の道《みち》を進《すす》んでいくと、深《ふか》い谷《たに》が見《み》えてきたのです。黄《き》色《いろ》いレンガの道《みち》を行《い》くには、この谷《たに》をこえねばなりません。しかし、とても人《ひと》が飛《と》びこえられるような距離《きょり》ではありません。

「がお、みなさん、ぼくの背中《せなか》に乗《の》ってください。ひとりずつ運《はこ》びますから、がおがお」

ライオンはかかしを背中《せなか》に乗《の》せて、カエルのようにひとっ飛《と》び！

助走《じょそう》もつけずに大《おお》きくジャンプするのがライオン流《りゅう》です。

「君《きみ》、弱虫《よわむし》のくせになかなかやるじゃないか、カシカシシ」

かかしがほめるとライオンは顔《かお》を赤《あか》くして照《て》れました。

ライオンはそれから、トトをかかえたドロシーを、最後《さいご》にブリキの木《き》こりをせおって、谷《たに》を飛《と》びこえたのです。

「ありがとう。助《たす》かったわ。けわしい森《もり》の中《なか》だけど、ライオン君《くん》がいれば安心《あんしん》ね」

「がお、ドロシーさん、そんなことはないですよ。なにせ森《もり》には**カリダー**という恐《おそ》ろしい怪物《かいぶつ》が住《す》んでいます。カリダーはぼくよりずっと大《おお》きくて、頭《あたま》はトラ、体《からだ》はクマの、地上《ちじょう》でもっとももどうもうな獣《けもの》です。だから少《すこ》しでも早《はや》く森《もり》をぬけだしたほうがいいですよ」

「わ、わかったわ」

一行《いっこう》はふたたび歩《ある》きだしたのですが、なんとまたもや谷《たに》につきあたってしまいました。しかも今度《こんど》はライオンでも飛《と》びこえられないほどの大《おお》きなさけめです。

「ぐぎぎぎ、これはむずかしそうですね。旅《たび》は、もはやここまで」

木《き》こりがあっさりと言《い》うので、かかしはあわてて言《い》いました。

「ちょ、ちょっと待《ま》ってよ、いい方法《ほうほう》を考《かんが》えるから……。カカシカシ、そうだ！　木《き》こりさん。あの木《き》を斧《おの》で切《き》りたおしてくれない？」

「いいですが、切《き》ってどうするんですか？」

「谷《たに》の向《む》こうに木《き》を切《き》りたおして、橋《はし》にするんだよ、カシシシ」

「いいね！　名案《めいあん》だ!!」

ドロシーたちは声《こえ》をそろえて、かかしをほめたたえました。

「思《おも》いたったら、すぐやるしかないわ。木《き》こりさん、おねがい！」

「すでに取《と》りかかっております、ぐ、ぎ、ぐ、が、ぐ」

ブリキの木《き》こりが、奇妙《きみょう》なかけ声《ごえ》で木《き》に斧《おの》を入《い》れました。

すたん、すたん、と高《たか》い木《き》の根本《ねもと》が細《ほそ》くなり、やがて向《む》こう側《がわ》にどすんとたおれました。

「がお、これでわたれますね。みなさん、早《はや》く行《い》きましょう」

ライオンが言《い》ったそのとき、ドロシーは森《もり》のおくから狂暴《きょうぼう》な視線《しせん》を感《かん》じました。

「**グルルルルウ……**」

「**カ、カリダーだ！**」

怪物《かいぶつ》のとつぜんの襲来《しゅうらい》に、一行《いっこう》はパニックになりました。しかもカリダーは二匹《ひき》いたのです！
「に、二匹《ひき》なんて聞《き》いてないよ！　がおがお！　みなさん、この橋《はし》を早《はや》く！」
ライオンにうながされて、まずはドロシーがトトをかかえて木《き》の橋《はし》に飛《と》びのりました。
谷《たに》は深《ふか》く、下《した》を見《み》ると足《あし》がふるえてしまいそうでしたが、それ以《い》上《じょう》にカリダーが恐《おそ》ろしくて、一気《いっき》に谷《たに》の向《む》こうへわたりました。

つづいてかかしと木《き》こりもわたり、あとはライオンだけでした。

「ライオン君《くん》、早《はや》くおいで！」

しかし二匹《ひき》のカリダーは、もうライオンの目《め》の前《まえ》まで来《き》ていたのです。

まずはひたいに傷《きず》のあるカリダーが、ライオンに向《む》かって飛《と》びかかりました。ライオンはタイミングよく横《よこ》っ飛《と》びして、かわします。もう一匹《ぴき》の目《め》に傷《きず》のあるカリダーも、大《おお》きな爪《つめ》でおそいかかります。ライオンは、さきほど谷《たに》をこえたときのような大《おお》きなジャンプで、その攻撃《こうげき》もよけることができました。

「カシカシシ！　ライオン君《くん》、橋《はし》をわたるんだ！」

「でも、カリダーたちも、追《お》ってきちゃいますよ！」

「大丈夫《だいじょうぶ》だから、早《はや》くわたって！　カシシシ」

ライオンはいきおいをつけて木《き》の橋《はし》をかけぬけました。思《おも》ったとおりカリダーたちが、そのあとを追《お》いかけてきます。

「今《いま》だ、橋《はし》を切《き》りおとして！」

ライオンがわたりきった瞬間《しゅんかん》、かかしが木《き》こりに言《い》いました。

「すでに取《と》りかかっております、ぐ、ぎ、ぐ、が、ぐ」

たんたんと答《こた》えるブリキの木《き》こりの斧《おの》のふり下《お》ろしっぷりは、みごとなものでした。

「**グ、グオオオオー**」

カリダーが谷《たに》をわたりきる寸前《すんぜん》で、木《き》の橋《はし》は切《き》りおとされました。

深《ふか》い谷底《たにぞこ》へと落《お》ちていくカリダーを見《み》つめ、一行《いっこう》はその場《ば》でへたりこみました。ほっとひと息《いき》ついていると、木《き》こりが言《い》いました。

「はい。ではつぎへ進《すす》みましょう。ぐぎぐが」

あは、あははは！ 木《き》こりのあまりの冷静《れいせい》さに、みんな思《おも》わず笑《わら》いがこみあげてきました。

「ぐぎ？ 私《わたし》なにか変《へん》なこと言《い》いましたか」

あはははは！ みんなの笑《わら》いは止《と》まりません。

さっきまでどうもうな二匹《ひき》の獣《けもの》に命《いのち》をうばわれそうになっていたのが、まるでうそのようでした。

7 激流《げきりゅう》いかだくだり

「ねえみんな！　ついに森《もり》をぬけたわ！」

「わーい！」「やったー！」「おめでとうございます」「ワオン！」

一行《いっこう》はついに深《ふか》い森《もり》をぬけだし、見《み》わたすかぎり緑《みどり》がひろがる草《そう》原《げん》にたどりついたのです。

だけどこの場所《ばしょ》も、彼《かれ》らを休《やす》ませてはくれません。黄《き》色《いろ》いレンガの道《みち》は、とてもわたれそうにない、大《おお》きな川《かわ》の向《む》こうにつづいていたのでした。

「なるほどなるほど。この川《かわ》をわたるには……カシシシ」

「がお、かかしさん、なにか名案《めいあん》でも？」

「よくぞ聞《き》いてくれたってばよう、カシシシ。今回《こんかい》もまずは、木《き》こりさんの力《ちから》が必要《ひつよう》だ。木《き》こりさん、とにかくたくさんの木《き》を切《き》りたおしておくれよ！」

「わかりました。ぐぎぐが、それで、そのあとはどうすれば」

「わかった！　いかだを作《つく》るんだ！」

先《さき》にドロシーが答《こた》えてしまったので、かかしは少《すこ》しくやしそうにしました。

「そ、そうそう。いかだを作《つく》るってばよう！　そうとわかったらみなさん、早《はや》く仕事仕事《しごとしごと》！」

旅人《たびひと》たち全員《ぜんいん》による、いかだ作《づく》りがはじまりました。木《き》こりは木《き》を切《き》り、ライオンはそれを運《はこ》び、ドロシーとかかしは木《き》と木《き》を草《くさ》のつるでむすんでいきます。トトはつるを集《あつ》める係《かかり》です。

気《き》づいたらもう真夜中《まよなか》でした。

「で、できた！」

じつにりっぱないかだが一そう、月明《つきあ》かりに照《て》らされています。

さすがにみんなくたくたで、やわらかい草《くさ》の上《うえ》にばたりとたおれ、深《ふか》い闇夜《やみよ》にすいこまれるように眠《ねむ》りに落《お》ちてしまいました。

「おはよー！」「がおがお！」「ぐぎぐ」「ワンワン！」「カシシ！」

翌朝《よくあさ》、いよいよ船出《ふなで》のときです。かかしが船頭《せんどう》となり、さおをにぎります。

「せーの！」

みんなで作《つく》ったいかだ、名付《なづ》けて「**エメラルド号《ごう》**」が、川《かわ》をわたりはじめました。

エメラルド号《ごう》はおどろくほど順調《じゅんちょう》に進《すす》みました。みんなこの舟《ふね》の旅《たび》が楽《たの》しくてしかたありません。

「ながめもいいし、歌《うた》でもうたわない？」

ドロシーが言《い》いました。

「カシシシ、いいね。ではまずはおいらから。『とうもろこし畑《ばたけ》の恋人《こいびと》』、いきま～す。**あああっ！**」

そのとき、かかしがこいでいたさおが地面《じめん》につき刺《さ》さり、ぬけなくなってしまいました。

かかしはさおを必死《ひっし》にぬこうとしましたが、ぬけません。エメラルド号《ごう》はどんどん流《なが》され、さおにしがみついたままのかかしは、川《かわ》の真《ま》ん中《なか》にとりのこされてしまいました。

「みなさ～ん、おたっしゃで～」

「**か、かかしさん！**」

エメラルド号《ごう》とかかしの距離《きょり》はどんどん遠《とお》のき、ついには、おた

がい見《み》えなくなってしまいました。

「がお！　このままではどんどん離《はな》れていってしまう。ぼくが川《かわ》を泳《およ》いで、エメラルド号《ごう》を岸《きし》につけます、がお！」

川《かわ》に飛《と》びこんだライオンがばしゃばしゃと泳《およ》ぎ、舟《ふね》をなんとか対《たい》岸《がん》につけてくれました。

「ライオン君《くん》、ありがとう！」

「……がお」

つかれはてたライオンは、地面《じめん》にへたりこみます。

「だけど……、かかしさんを助《たす》けるには、どうしたらいいの？　私《わたし》やトトには、かかしさんを運《はこ》ぶ力《ちから》はないし、木《き》こりさんは水《みず》にぬれるとさびてしまう。ライオン君《くん》はもうくたくた。うーん……」

そのときドロシーは、川《かわ》にぐうぜんおりたった一羽《わ》のコウノトリを見《み》つけました。

「コウノトリさん！　あなた、赤《あか》ちゃんを運《はこ》べるなら、わらのかかし一体《たい》くらい、なんてことないよね!?」

「わらのかかし？　ええ、お安《やす》いごようよ」

「ここから川上《かわかみ》にしばらく行《い》くと、川《かわ》の真《ま》ん中《なか》に帽子《ぼうし》をかぶったかかしが、とりのこされているの。お願《ねが》いです、助《たす》けてあげて！」

「ええ。よくってよ」

コウノトリは大《おお》きな翼《つばさ》をばたばたばたばたと羽《は》ばたかせ、あっという間《ま》に川上《かわかみ》へと消《き》えていきました。

それから十分《ぷん》くらいたったでしょうか。

「ワン？　……ワワワワン！」

トトの鳴《な》き声《ごえ》が、かかしの無事《ぶじ》を知《し》らせてくれました。コウノトリが、わらのかかしを口《くち》にくわえてもどってきたのです。

「かかしさん！」

「カシカシカシ、ふう。オズから脳《のう》みそをもらう夢《ゆめ》は、もうあきらめなきゃいけないかと思《おも》ったよ。みんな、ただいま。そしてコウノトリさん、ありがとう。空《そら》の旅《たび》も、たまには悪《わる》くないね」

彼《かれ》らのこの旅《たび》。

それは絶対《ぜったい》にあきらめない旅《たび》。それは絶対《ぜったい》にふり向《む》かない旅《たび》。

そしてそれは、夢《ゆめ》に向《む》かって一歩《いっぽ》ずつ進《すす》んでいく、成長《せいちょう》の旅《たび》なのです。

8 野《の》ねずみの女王《じょおう》

ずいぶんと川《かわ》に流《なが》されてしまったドロシーたちは、黄《き》色《いろ》いレンガの道《みち》へもどるために、ふたたび歩《ある》きだしました。

「なんだかとてもいいにおい……。うわあ、キレイ！」

赤《あか》、青《あお》、白《しろ》、黄《き》――。

色《いろ》とりどりのかわいい花《はな》たちが一面《いちめん》に咲《さ》きひろがる花畑《はなばたけ》を、ドロシーたちは見《み》つけました。なかでも真《ま》っ赤《か》なけしの花《はな》はひときわ美《うつく》しくて、香《かお》りもつよく、ドロシーはうっとりとしました。

「しあわせ……でも……なんだか……すごく……ねむい……」

けしの花《はな》の香《かお》りには、生《い》き物《もの》をたちまち眠《ねむ》らせてしまう成分《せいぶん》があります。いつの間《ま》にか、トトとライオンもすっかりフラフラ。でもブリキの木《き》こりと、わらのかかしは、ふつうの生《い》き物《もの》ではないのでぜんぜんへっちゃらです。

「ぐぎぐがが、まいりましたね。ドロシーさんとトトさんは、私《わたし》たちが運《はこ》ぶとして、ライオンさんはどうしましょう？」

「カシシシカ、こんなに大《おお》きな体《からだ》じゃ、おいらたちには運《はこ》べないね。

ざんねんだけど、ライオン君《くん》はおいていくしか……」

そのときです。小《ちい》さな野《の》ねずみが、木《き》こりとかかしの足元《あしもと》をかけぬけました。そのうしろから、火《ひ》の玉《たま》のように赤《あか》い目《め》をした山猫《やまねこ》がやってきて、今《いま》にもねずみをつかまえて食《た》べようとしています。

「おやめなさい、ぐぎ、ぐ、が」

ブリキの木《き》こりは、いきなり山猫《やまねこ》の鼻先《はなさき》に斧《おの》をふり下《お》ろしました。山猫《やまねこ》はもう少《すこ》しで鼻《はな》がぱっかりふたつに割《わ》れるところでした。

山猫《やまねこ》はすたこら遠《とお》くへ逃《に》げていきました。

「みなさま、ごきげんよう。助《たす》けてくれて、ありがとうございます」

小《ちい》さな野《の》ねずみは、頭《あたま》をちょこんと下《さ》げて、上品《じょうひん》におじぎしました。

「ぐぎぐが、いいえ。あなたは悪《わる》いねずみでは、なさそうですし」

「ありがとう。みなさまになにか恩《おん》がえしをさせてください。わたくしにできることなら、なんでもいたします」

「そんなこと言《い》って、ねずみ一匹《ぴき》でなにができるんだい？」

かかしは少《すこ》し意地悪《いじわる》なことを言《い》いました。

「たしかに、わたくし一匹《ぴき》ではなにもできませんが……でも、あ、来《き》ました来《き》ました」

「女王様《じょおうさま》！　ご無事《ぶじ》でしたか！」

そこにあらわれたのは何百何千《なんびゃくなんぜん》もの野《の》ねずみの大群《たいぐん》でした。ブリキの木《き》こりが助《たす》けたのは、実《じっ》は**野《の》ねずみの女王《じょおう》**だったのです。

「みなさま、わたくしたち、ねずみの国《くに》の民《たみ》が、あなたがたの願《ねが》いをかなえます。なんでもおっしゃってください」

「ぐぎぐがが、では、あそこで眠《ねむ》っている大《おお》きなライオンを運《はこ》んでくれませんか」

「ラ、ラ、ライオン!?」

何千《なんぜん》ものねずみたちが、その場《ば》で大《おお》きく飛《と》びあがりました。

「カシシ、大丈夫《だいじょうぶ》だってばさ。あのライオンは弱虫《よわむし》で、ねずみどころか、虫一匹殺《むしいっぴきころ》せないのさ。しかも今《いま》はぐーすか眠《ねむ》ってるし。だから、このけしの花畑《はなばたけ》をぬけるまで、みんなで運《はこ》んでよ?」

「……わかりました。ですが、わたくしたち、ねずみの国《くに》の民《たみ》が、何千《なんぜん》の力《ちから》を合《あ》わせても、ライオンを運《はこ》べるかどうか……」

「あの、ちょっとお待《ま》ちを。ぐ、ぎ、ぐ、が、が」

ブリキの木《き》こりが、あたりの木《き》をスパンスパンと切《き》りたおしました。あっという間《ま》に、それは、大《おお》きな台車《だいしゃ》に生《う》まれかわります。

「これにライオンさんを乗《の》せて、引《ひ》っぱってはいかがでしょう？」

ねずみたちは、ブリキの木《き》こりのすばやい判断《はんだん》と行動《こうどう》に、目《め》を丸《まる》くしておどろきました。

かかしと木《き》こりは、いねむりライオンを台車《だいしゃ》の上《うえ》に乗《の》せ、ねずみたちは長《なが》いひもを台車《だいしゃ》にむすび、自分《じぶん》の体《からだ》にくくりつけます。

「みなさん、いざ、出発《しゅっぱつ》しましょう！」

野《の》ねずみの女王《じょおう》がいせいよく声《こえ》をあげると、台車《だいしゃ》は少《すこ》しずつ動《うご》きだしました。

かかしはトトを、木《き》こりはドロシーを抱《だ》きかかえ、台車《だいしゃ》についていきます。

「あれ……、私《わたし》、一体《いったい》どうなっちゃったの？」

けしの花畑《はなばたけ》をすっかり脱出《だっしゅつ》したころ、ドロシーとトトとライオンは目《め》をさましました。

うふふふ、と、野《の》ねずみの女王《じょおう》が上品《じょうひん》に笑《わら》いました。

「かわいらしい、寝《ね》ぼけまなこのおじょうさん。あなたにはこの笛《ふえ》をさしあげましょう。この笛《ふえ》を吹《ふ》けば、いつでもわたくしたちがあなたがたの力《ちから》になりますよ」

女王《じょおう》は小《ちい》さな笛《ふえ》をドロシーの首《くび》にかけました。

「それではみなさま、ごきげんよう。また会《あ》う日《ひ》まで」

野《の》ねずみの女王《じょおう》は、何千《なんぜん》ものねずみたちとともに走《はし》りさっていきました。

9 エメラルドの都《みやこ》

ドロシーたちは、黄色《きいろ》いレンガの道《みち》を見《み》つけ、また旅《たび》を続《つづ》けました。
そして長《なが》くけわしい旅《たび》は、ようやく終《お》わろうとしていたのでした。

「ねえ！　みんな、あれって、エメラルドの都《みやこ》だよね！」

黄色《きいろ》いレンガの道《みち》のはてに、きらきらとエメラルド色《いろ》にかがやく高《たか》い壁《かべ》がそびえています。

「カシシシシシ、もしもおいらに脳《のう》みそがあったら、この感動《かんどう》を手《て》紙《がみ》に書《か》きたいな。出《だ》す相手《あいて》なんていないけど！」

「ぐぎぐが、もしも心《こころ》があったなら、こんなときに涙《なみだ》が出《で》るのでし

ようね。私《わたし》が泣《な》いたら、さびて動《うご》けなくなってしまうのですが！」

「がお！　弱虫毛虫《よわむしけむし》のぼくが、いろんな試練《しれん》をのりこえて、ここまでこられたなんて……。みんなのおかげだよ！　ありがとう！」

「そんな、感謝《かんしゃ》しなきゃいけないのは私《わたし》よ！　みんな、ついてきてくれて、本当《ほんとう》にありがとう！　だけど本番《ほんばん》はここからよ。オズに願《ねが》いをかなえてもらえるかどうかは、まだわからないんだから」

一行《いっこう》は緑色《みどりいろ》の壁《かべ》の前《まえ》までやってきました。壁《かべ》には大《おお》きな門《もん》がありました。呼《よ》び鈴《りん》をちりりん、と鳴《な》らすと、門《もん》はゆっくりと開《ひら》きはじめました。

「ぐがぎが、これは美《うつく》しい……」

そこはその名《な》のとおり、まさにエメラルドの都《みやこ》でした。街《まち》のすべ

てが緑色《みどりいろ》にきらめいています。

門《もん》のおくにはひとりの男《おとこ》が立《た》っていました。その男《おとこ》も全身緑色《ぜんしんみどりいろ》の服《ふく》を着《き》ています。

「ごほん。私《わたし》はエメラルドの都《みやこ》の門番《もんばん》であーる。お前《まえ》たちは何者《なにもの》だ？」

「私《わたし》はドロシー。カンザスの街《まち》からやってきました」

「カンザス？　知《し》らない街《まち》だな。一体《いったい》、なんの用《よう》があって、ここにきたんだ？」

「魔法使《まほうつか》いのオズに会《あ》って、願《ねが》いをかなえてもらいたいの。私《わたし》とトトはカンザスに帰《かえ》りたいし、仲間《なかま》たちの願《ねが》いも聞《き》いてほしいの」

「むむむ。偉大《いだい》なるオズ様《さま》に、そのようなお願《ねが》いをするなんて、前《ぜん》代未聞《だいみもん》じゃぞ。だいいちオズ様《さま》の本当《ほんとう》のお姿《すがた》は、誰《だれ》ひとり見《み》たことがないというのに」

「えええ？　そうなの？」

「オズ様《さま》はなんにでも化《ば》けることができるんじゃ。しかし、それもただのうわさかもしれんがな。まあ、ひとまずついてくるといい」

「ありがとう！」

「ただし！　ここから先《さき》は、全員《ぜんいん》、この**メガネ**をかけてもらう」

門番《もんばん》が取《と》りだしたのは、鍵《かぎ》のついた大《おお》きなメガネでした。頭《あたま》のうしろで鍵《かぎ》をかけると外《はず》れなくなるようです。

「はい。この国《くに》のルールは守《まも》るわ」

ドロシーは大《おお》きなメガネをつけ、かちゃり、と頭《あたま》のうしろの鍵《かぎ》をかけてもらいました。かかしや木《き》こり、ライオンやトトまで、みんなそれぞれぴったり合《あ》うメガネをえらんでつけ、かちゃり、と鍵《かぎ》をかけます。

「それでは、こちらへ」

門番《もんばん》は旅《たび》の一行《いっこう》を引《ひ》きつれて、

街《まち》の中《なか》を歩《ある》きだしました。

「やっぱり、どこもかしこも緑色《みどりいろ》の街《まち》なんだわ！」

道路《どうろ》も、建物《たてもの》も、そして街《まち》を行《い》きかう人々《ひとびと》の姿《すがた》も、すべてが緑色《みどりいろ》の街《まち》でした。食《た》べ物《もの》までもが緑色《みどりいろ》にかがやいています。

こんな美《うつく》しい街《まち》を守《まも》っているオズとは、どんな魔法使《まほうつか》いなんだろう、とドロシーは思《おも》いました。

「さあ、着《つ》いたぞ」

目《め》の前《まえ》には大《おお》きなお屋敷《やしき》がありました。

この中《なか》に、オズの魔法使《まほうつか》いがいると思《おも》うと、ドロシーの胸《むね》の高鳴《たかな》りは止《と》まりませんでした。

10 オズとのやくそく

「いらっしゃいませ！」

お屋敷《やしき》で出《で》むかえてくれたのは、緑色《みどりいろ》のメイド服《ふく》を着《き》た小《ちい》さな小《ちい》さな女《おんな》の子《こ》でした。

「偉大《いだい》なるオズ様《さま》がお会《あ》いになるのは、一日《にち》にひとりだけ。まずはみなさま、それぞれのお部屋《へや》でお休《やす》みくださいませ」

ドロシーたちはしばらくの間《あいだ》、離《はな》れてすごすことになりました。

旅《たび》のつかれをいやすにはちょうどよかったかもしれませんが、かかしと木《き》こりはつかれというものを知《し》らないので、ただただ時《とき》がすぎるのを待《ま》つだけです。

「か、かわいい！」

ドロシーとトトが案内《あんない》されたのは、とてもかわいい部屋《へや》でした。部屋《へや》の真《ま》ん中《なか》には小《ちい》さな噴水《ふんすい》があり、緑色《みどりいろ》の香水《こうすい》がふきあがっています。部屋《へや》のすみにはふわふわのベッド。窓辺《まどべ》には緑色《みどりいろ》の花《はな》。

ここは世界一《せかいいち》かわいい部屋《へや》だとドロシーは思《おも》いました。

「ねえ、トト。オズ様《さま》って、どんな魔法使《まほうつか》いなんだろうね」

かわいい緑色《みどりいろ》の部屋《へや》で、ドロシーとトトは話《はな》します。でも旅《たび》のつかれで、いつの間《ま》にか、とけるように眠《ねむ》ってしまいました。

そして翌朝《よくあさ》、緑色《みどりいろ》のメイド服《ふく》の女《おんな》の子《こ》にみちびかれ、ドロシーはついにオズの部屋《へや》の前《まえ》までやってきました。

「ここからは、おひとりでお入《はい》りください」

「トトはいいでしょ？」

「特別《とくべつ》に許可《きょか》します」

部屋《へや》の真《ま》ん中《なか》には、大理石《だいりせき》でできた緑色《みどりいろ》の大《おお》きな玉座《ぎょくざ》がありました。その玉座《ぎょくざ》の上《うえ》におかれていたものに、ドロシーとトトはおどろき、言葉《ことば》をうしなってしまいました。

それはなんと、**大《おお》きな岩《いわ》ほどの、人《ひと》の頭《あたま》**だったのです。

「お前《まえ》が、ドロシーか？」

大《おお》きな頭《あたま》が、目玉《めだま》をぎょろりと動《うご》かしながら言《い》いました。おびえるトトを抱《だ》きかかえ、ドロシーは、はい、と小《ちい》さな声《こえ》で答《こた》えました。

「お前《まえ》、その銀《ぎん》のくつは、どこで手《て》に入《い》れた？」

「これは東《ひがし》の魔女《まじょ》がはいていたものです。私《わたし》のおうちにぶつかって、つぶされて、太陽《たいよう》の光《ひかり》にとけてしまった……、東《ひがし》の魔女《まじょ》のものです。それで、あの、あなたがオズ様《さま》なら、私《わたし》とトトをカンザスの街《まち》に帰《かえ》してほしいんです」

「いいだろう。ただし、私《わたし》の言《い》うことを、ひとつ聞《き》きなさい」

ドロシーは、きんちょうしながら、オズの言葉《ことば》を待《ま》ちました。

「東《ひがし》の魔女《まじょ》のように、西《にし》の魔女《まじょ》もやっつけるのだ」

「え？」

思《おも》ってもなかったことをいきなり言《い》われたドロシーの目《め》から、涙《なみだ》がこぼれおちました。そんなの……、そんなのって、無理《むり》に決《き》まってる……。

涙《なみだ》はいつまでたっても止《と》まらず、ドロシーの足元《あしもと》には涙《なみだ》の水《みず》たまりができました。

そのあいだ、オズはただだまっているだけでした。

つぎの日《ひ》に呼《よ》びだされたのは、わらのかかしでした。部屋《へや》にいたのは大《おお》きな頭《あたま》ではなく、**美《うつく》しいご婦人《ふじん》**でした。

「あなたがオズ様《さま》？　どうかおいらに脳《のう》みそを！」

「いいでしょう、ただし私《わたし》の言《い》うことを、ひとつ聞《き》きなさい」

その翌日《よくじつ》は、ブリキの木《き》こりが呼《よ》びだされました。

部屋《へや》に入《はい》ると**目《め》が五つ、腕《うで》が五本《ほん》、脚《あし》が五本《ほん》というおぞましい化《ば》け物《もの》**が木《き》こりをにらみつけたのです。

「オズ様《さま》。どうか私《わたし》に心《こころ》を、ください」

「ふふふ、いいだろう。ただしひとつ、条件《じょうけん》がある」

ライオンはその翌日《よくじつ》に呼《よ》ばれました。部屋《へや》にいたのは頭《あたま》でもご婦人《ふじん》でも化《ば》け物《もの》でもなく、**燃《も》えさかる火《ひ》の玉《たま》**でした。

「緑《みどり》に燃《も》えさかるオズ様《さま》。ぼくに勇気《ゆうき》を！」

「めらめらめら。ひとつ条件《じょうけん》がある」

その翌日《よくじつ》、ずっといっしょに旅《たび》をしてきた一行《いっこう》は、ひさしぶりに顔《かお》を合《あ》わせました。話《はなし》を聞《き》くと、それぞれの願《ねが》いをかなえるための条件《じょうけん》は、みんな同《おな》じでした。

西《にし》の国《くに》の魔女《まじょ》をやっつけること……。

ショックから立《た》ちなおれないドロシーは、真《ま》っ青《さお》な顔《かお》で、ずっと下《した》を向《む》いたままでした。

「西《にし》の魔女《まじょ》を退治《たいじ》するなんて、ぜったいに無理《むり》よ。やっぱり私《わたし》は、二度《にど》とカンザスには帰《かえ》れない……」

「カシカシカシ。たしかにおいらも最初《さいしょ》はそう思《おも》ったさ。でも、おいらたちってばさあ、意外《いがい》と、強《つよ》いのかもしれないぜ!?」

「ぐぎぐごが、じつは私《わたし》もそう思《おも》っていました。なにせ、あの二匹《ひき》のカリダーをたおしたのですから」

「がおがお、山《やま》をこえ、川《かわ》をこえ、このエメラルドの都《みやこ》にたどりつくことができたのって、ぼくらのチームワークがいいからだよ。みんないっしょなら、きっとやれるよ!」

「……そうかなあ。ねえ、トトはどう思《おも》う？」

「ワオン！　ワオン！」

トトは大《おお》きく吠《ほ》え、ぶるんぶるんと、しっぽをふりまわしました。

「ふふ。トトはいつも元気《げんき》だね……。みんな、本当《ほんとう》にありがとう。じゃあ……もう少《すこ》しだけ私《わたし》といっしょに旅《たび》をつづけてくれますか？」

「もちろん！」

こうして一行《いっこう》は、この先《さき》どうなってしまうかもわからない、魔女《まじょ》退治《たいじ》の旅《たび》へ出発《しゅっぱつ》することを決《き》めたのです。

11 西《にし》の国《くに》の魔《ま》女《じょ》退《たい》治《じ》

「では、いってきます！」

ドロシーたちはエメラルドの都《みやこ》に別《わか》れを告《つ》げ、西《にし》の国《くに》へと向《む》かいました。

「西《にし》の魔女《まじょ》には、お前《まえ》たちのやることなすこと、すべてお見《み》とおしじゃ。あの手《て》この手《て》で、お前《まえ》たちのじゃまをしてくるだろう。気《き》をつけて行《い》ってくるのじゃ！」

門番《もんばん》が別《わか》れまぎわにそう言《い》ったのですが、その言葉《ことば》の意味《いみ》がわかったのは、出発初日《しゅっぱつしょにち》の夜《よる》でした。

とつぜんのできごとでした。ドロシーたちがすっかり寝静《ねしず》まった真夜中《まよなか》に、四匹《ひき》の黒《くろ》い狼《おおかみ》がいきなりおそいかかってきたのです。

しかし生《い》き物《もの》でないかかしと木《き》こりは、眠《ねむ》ることなどありません。狼《おおかみ》たちにいち早《はや》く気《き》づいた木《き》こりは、するどい斧《おの》でばたばたと、あっという間《ま》に四匹《ひき》の狼《おおかみ》たちをやっつけてしまいました。

それからしばらくすると、真《ま》っ黒《くろ》なカラスが四十羽《ぱ》、バタバタと飛《と》んできました。

カラスたちはドロシーめがけていきおいよく飛《と》びかかりましたが、そこにいたのは鳥退治《とりたいじ》の名人《めいじん》・かかしです。わらのかかしは四十羽《ぱ》のカラスを、かんたんに追《お》いはらってしまいました。

そして夜明《よあ》け間近《まぢか》のこと、今度《こんど》は四百匹《ぴき》もの黒《くろ》い蜂《はち》が、ぶんぶん音《おと》を鳴《な》らしながら飛《と》んできました。しかし……。

眠《ねむ》っているドロシー、トト、ライオンには、わらがかぶせられていました。かかしが自分《じぶん》のわらをぬいて、みんなを蜂《はち》から守《まも》ったのです。

四百匹《ぴき》の黒《くろ》い蜂《はち》はしかたなく、ブリキの木《き》こりを攻撃《こうげき》しました。それは蜂《はち》にとっては運《うん》のつき。蜂《はち》の針《はり》はかたいブリキですべて折《お》れまがってしまったのです。

「きいぃぃぃ！　小娘《こむすめ》たちめ！」

西《にし》の魔女《まじょ》がくやしそうに、声《こえ》を荒《あら》らげました。

魔女《まじょ》はドロシーたちの様子《ようす》を、望遠鏡《ぼうえんきょう》のような目《め》を使《つか》ってすべて見《み》ていたのです。四匹《ひき》の狼《おおかみ》も、四十羽《ぱ》のカラスも、四百匹《ぴき》の蜂《はち》も、すべて西《にし》の魔女《まじょ》のしわざでした。

「こうなったら最後《さいご》の手《て》だ！　**エプピ、ペプピ、カクキ！**」

西《にし》の魔女《まじょ》は左足《ひだりあし》一本《ぽん》で立《た》ちながら、かぶっていた**金色《きんいろ》の帽子《ぼうし》**を手《て》にとり、帽子《ぼうし》に書《か》いてある呪文《じゅもん》をとなえました。

「**ヒルロ、ホルロ、ハルロ！**」

今度《こんど》は右足《みぎあし》で立《た》ってさけびました。

「**ジズジ、ザズジ、ジズ！**」

最後《さいご》は両足《りょうあし》でしっかり立《た》ち、大声《おおごえ》でとなえました。それは**翼《つばさ》の生《は》えた猿《さる》**を、何百匹《なんびゃっぴき》も呼《よ》びだす大呪文《だいじゅもん》でした。

「もすもす、西《にし》の魔女様《まじょさま》。あなたが私《わたし》たちを呼《よ》びだすのは、これで三度目《どめ》ですね」

空飛《そらと》ぶ猿《さる》のリーダーが西《にし》の魔女《まじょ》に聞《き》きました。

「ああ、そうだとも。一度目《どめ》はこの国《くに》の女王《じょおう》になるため、二度目《どめ》はオズを西《にし》の国《くに》から追《お》いだすため」

「私《わたし》たちを呼《よ》びだせるのは、おひとり様《さま》、三度《ど》まで。つまり、これが最後《さいご》です。さあ、なにをいたしましょう？」

「あの小娘《こむすめ》たちを、全員八《ぜんいんや》つ裂《ざ》きにしておくれ。いや、ライオンだけはつれてかえって。馬《うま》のように働《はたら》かせてやる！」

「もすもす、たやすいことです」

飛《と》びたった何百匹《なんびゃっぴき》もの猿《さる》たちは、ドロシーたちの前《まえ》にとつぜんあ

られました。

「**キャー！ あなたたち、だれ!?**」

最初《さいしょ》にねらわれたのはかかしです。

野蛮《やばん》な猿《さる》たちは、かかしの体《からだ》じゅうのわらを、すべてむしり取《と》りました。かかしの体《からだ》は、一瞬《いっしゅん》にして、あとかたもなく消《き》えてしまいます。最後《さいご》にかかしの着《き》ていた服《ふく》だけが、高《たか》い木《き》のてっぺんに、ぽい、と投《な》げすてられました。

つぎにねらわれたのは木《き》こりでした。

二匹《ひき》の猿《さる》が木《き》こりの両腕《りょううで》をつかみ、地上《ちじょう》百メートルの高《たか》さまで飛《と》びました。そこからとがった岩《いわ》に、ばこーん、とぶつけます。ブリキはぼこぼこにへこみ、もう立《た》ちあがることはできませんでした。

百獣《ひゃくじゅう》の王《おう》ライオンも、翼《つばさ》の生《は》えた猿《さる》たちには、なにもできません。あっという間《ま》に縄《なわ》できつくしばられ、何匹《なんびき》かの猿《さる》によって、西《にし》の魔女《じょ》の屋敷《やしき》へつれていかれました。

最後《さいご》にねらわれたのは、ドロシーでした。トトを強《つよ》く抱《だ》きしめるドロシーに、猿《さる》たちはおそいかかってきます。

「待《ま》て！　ちょっと待《ま》て！」

そのとき猿《さる》のリーダーが声《こえ》をあげました。ぶるぶるふるえるドロシーに、空飛《そらと》ぶ猿《さる》のリーダーが、声《こえ》をかけます。

「もすもすもす、おじょうさん、そのひたいのキッスマークは」

「これは……北《きた》の魔女《まじょ》に、つけられたものです」

「そうでしたか！　お前《まえ》たち！　この方《かた》を傷《きず》つけてはならん！」

猿《さる》たちはドロシーを傷《きず》つけないまま、西《にし》の魔女《まじょ》のもとにつれていきました。

「西《にし》の魔女様《まじょさま》。私《わたし》たちにできるのはここまでです」

そう言《い》って、猿《さる》たちは空《そら》のかなたへ飛《と》びさっていったのです。

八《や》つ裂《ざ》きにしろ、と言《い》ったのに、これはどうしたことか……。

西《にし》の魔女《まじょ》はドロシーをなめるように見《み》まわしました。そしてドロシーの足元《あしもと》に銀《ぎん》のくつが、またひたいにキッスマークがあるのを確《かく》認《にん》し、ひっくりかえりそうになりました。

「どうして⁉　これでは、この小娘《こむすめ》を傷《きず》つけることができないじゃないか……。そうだ！　だったら、たくさん働《はたら》かせて苦《くる》しめてやろう！　そしていつか、あの銀《ぎん》のくつを……、くくく」

それから、ドロシーのつらい日々《ひび》はつづきました。そうじに洗濯《せんたく》、力仕事《ちからしごと》など、毎日朝早《まいにちあさはや》くから夜《よる》おそくまで、働《はたら》かされたのです。

さからえばライオンやトトの命《いのち》はない、と西《にし》の魔女《まじょ》におどされては、したがうしかありません。

ドロシーといっしょに働《はたら》かされていたのは、西《にし》の国《くに》の人々《ひとびと》・**ウィンキー**たちでした。彼《かれ》らはみんな黄色《きいろ》い服《ふく》を着《き》て働《はたら》いています。

ウィンキーは本当《ほんとう》はいい人《ひと》たちなのに、西《にし》の魔女《まじょ》の言《い》うことをきかないと罰《ばつ》をくらうので、誰《だれ》ひとり文句《もんく》も言《い》わず、口《くち》すらきかず、だまって働《はたら》きつづけています。

（かわいそう。この人《ひと》たちを自由《じゆう》にしてあげたい）

そんなことを思《おも》いながら、屋敷《やしき》の廊下《ろうか》をモップで水《みず》ぶきしていると、ドロシーはいきなり転《ころ》んでしまいました。

「**いったーい！**」

それは西《にし》の魔女《まじょ》の罠《わな》だったのです。ドロシーがつまずいて銀《ぎん》のくつがぬげるよう、見《み》えない棒《ぼう》をしかけていたのでした。

「けけけ。その銀《ぎん》のくつがどうしてもほしかったのさ！　片方《かたほう》しかぬがせられなかったけど、これで魔法《まほう》の半分《はんぶん》は私《わたし》のものさ！」

あらわれた西《にし》の魔女《まじょ》が、ドロシーからうばった銀《ぎん》のくつを片方《かたほう》だけはきました。

「**きゃははは！　これが、これが、どうしてもほしかったのさ！　きゃは！　うきゃははははは！**」

どーん、どーん、と、ドロシーの頭《あたま》のなかで、太鼓《たいこ》の音《おと》が鳴《な》りひびいているようでした。バカみたいに笑《わら》う西《にし》の魔女《まじょ》を見《み》ながら、ドロシーの心《こころ》にこみあげてきたのは〝怒《いか》り〟でした。

こんなに怒《おこ》ったのは、生《う》まれてはじめてのことです。

西《にし》の魔女《まじょ》は、ドロシーから、すでに多《おお》くのものをうばったのです。かかしや木《き》こりが今《いま》どうなってしまっているか、ドロシーにはわかりません。ライオンは檻《おり》に入《い》れられています。ずっといっしょにいたトトとも引《ひ》きはなされ、それはドロシーにとっても、トトにとっても、とてもつらいことなのです。
そのうえ西《にし》の魔女《まじょ》は、銀《ぎん》のくつまでうばおうとしています。こんなものがほしくて、西《にし》の魔女《まじょ》は、ドロシーやトトを苦《くる》しめていたのです！　ドロシーはこれ以上《いじょう》、魔女《まじょ》からなにも、うばわれるわけにはいきません！

「……もうゆるせない！　ぜったいに、ゆるさないんだから！」

かんかんに怒《おこ》ったドロシーは、そうじで使《つか》っていたバケツの水《みず》を、西《にし》の魔女《まじょ》に全部《ぜんぶ》ひっかけました。

「あ、あああ！　なんてことするんだい!?」

ふしぎなことに、水《みず》をかぶった西《にし》の魔女《まじょ》がどんどんとけていきました。東《ひがし》の魔女《まじょ》が太陽《たいよう》の光《ひかり》をあびて、とけてしまったときのように。

「ぜったい、ゆるさない！」

ドロシーはバケツの水《みず》を、さらにもう一杯《ぱい》ひっかけました。

「ぎゃああ……お、わ、り、じゃ…」

最後《さいご》の言葉《ことば》を言《い》いおえると同時《どうじ》に、西《にし》の国《くに》の魔女《まじょ》は完全《かんぜん》に消《き》えてしまいました。

「たおした……。私《わたし》、西《にし》の魔女《まじょ》を、たおしちゃったみたい！」

ドロシーは屋敷《やしき》じゅうを走《はし》りまわり、牢《ろう》に閉《と》じこめられていたライオンとトトを見《み》つけました。

「ワンワンワンワン！」

ドロシーはトトを抱《だ》きしめました。

「ドロシーさん！　無事《ぶじ》だったのですね！　がお！」

「ライオン君《くん》、あなたは大丈夫《だいじょうぶ》だった？」

「はい。ウィンキーさんたちが、とてもやさしくしてくれました」

西《にし》の魔女《まじょ》がいなくなったことを、ウィンキーたちに早《はや》く教《おし》えてあげよう！　ドロシーは、街《まち》じゅうを一望《いちぼう》することのできる見張《みは》り塔《とう》にのぼりました。

「**みなさーん、聞《き》こえますかー**」

ドロシーの声《こえ》に気《き》づいたウィンキーたちが、見張《みは》り塔《とう》のてっぺんに注目《ちゅうもく》します。

「西《にし》の魔女《まじょ》は水《みず》にとけて、完全《かんぜん》にほろびました。今日《きょう》からみんなは、自由《じゆう》です！」

「うぉおおお！」

ずっと無口《むくち》だった黄色《きいろ》いウィンキーたちは、ドロシーに何度《なんど》もお礼《れい》を言《い》いました。

「ありがとうございます！　私《わたし》たちにできることがあれば、なんでも言《い》ってください！」

「では、ブリキの木《き》こりと、わらのかかしを探《さが》してください。今私《いまわたし》がこうして生《い》きていられるのも、彼《かれ》らのおかげなんです！」

ウィンキーたちはいっせいに散《ち》りました。

そしてあっという間《ま》に、木《き》こりを見《み》つけてきてくれました。とがった岩《いわ》にぶつけられ、ぼこぼこになった木《き》こりですが、国《くに》いちばんのブリキ職人《しょくにん》が元《もと》どおりに修理《しゅうり》してくれました。

「ぐがぐが、油《あぶら》を、油《あぶら》をさしてください……。ぐがぐが、が」

問題《もんだい》はかかしです。すべてのわらがむしり取《と》られて、あとかたもなく消《き》えてしまったかかしは、洋服《ようふく》しかのこっていませんでした。

どうしたものか、と、ウィンキーたちはなやみましたが、洋服《ようふく》に新《あたら》しいわらをつめてみました。するとあっさり、わらのかかしはよみがえったのです。

「カシシ。おいら、むずかしいことはわかんないけど、ありがとう」

こうして一行《いっこう》は、ふたたび集《あつ》まったのです。

12 翼《つばさ》の生《は》えた猿《さる》

「どう？　にあう？」

ドロシーは金色《きんいろ》の帽子《ぼうし》をかぶって言《い》いました。

帽子《ぼうし》を持《も》ってきたのは、西《にし》の魔女《まじょ》をたおした証拠《しょうこ》として、オズに見《み》せるためです。金色《きんいろ》の帽子《ぼうし》に、銀《ぎん》のくつ、そして首《くび》には野《の》ねずみの女王《じょおう》にもらった小《ちい》さな笛《ふえ》。今《いま》は大冒険《だいぼうけん》をしていますが、ドロシーはおしゃれが大好《だいす》きな女《おんな》の子《こ》なのです。

「カカシカシ、おしゃれもいいけど、エメラルドの都《みやこ》まで、どうやって帰《かえ》ればいいやら」

新《あたら》しいわらのにおいをぷんぷんさせながら、かかしが言《い》いました。

「んー、そうだ！　この笛《ふえ》でねずみさんを呼《よ》んで、道案内《みちあんない》してもらいましょう！」

「がぎぐが、ナイスアイデアです」

ドロシーがぴゅ～と笛《ふえ》を吹《ふ》くと、あのときの野《の》ねずみの女王《じょおう》がぴゅーとやってきました。

「ごきげんよう！　おじょうさん、なにかごようかしら？」

「じつは……」

ドロシーが事情《じじょう》を説明《せつめい》しました。それを聞《き》いた野《の》ねずみの女王《じょおう》は、少《すこ》し笑《わら》いながら答《こた》えます。

「ざんねんながら、エメラルドの都《みやこ》へ行《い》くには何日《なんにち》もかかります。

しかし心配《しんぱい》はいりません。だって、その帽子《ぼうし》があるじゃないですか」

「帽子《ぼうし》？」

「金《きん》の帽子《ぼうし》は、魔法《まほう》の帽子《ぼうし》。そこに書《か》いてある呪文《じゅもん》をとなえれば、翼《つばさ》の生《は》えた猿《さる》たちがやってきて、望《のぞ》みをかなえてくれるはずです」

善《ぜん》は急《いそ》げ、とばかりに、ドロシーは帽子《ぼうし》に書《か》いてある呪文《じゅもん》を、順《じゅん》番《ばん》に言《い》いました。

まずは左足《ひだりあし》一本《ぽん》で立《た》って、

「エプピ、ペプピ、カクキ！」

つぎは右足《みぎあし》一本《ぽん》で立《た》って、

「ヒルロ、ホルロ、ハルロ！」

最後《さいご》は両足《りょうあし》でふんばって、

「ジズジ、ザズジ、ジズジ、ジズ!」

ばっさ、ばっさ、と、山《やま》の向《む》こうからなにか飛《と》んできました。それはかつてドロシーたちをとらえた、翼《つばさ》の生《は》えた猿《さる》たちです。

「もすもすもす、お呼《よ》びいただき光栄《こうえい》です」

「カカカシシ、なにが光栄《こうえい》だよ! お前《まえ》たちは、おいらのわらをむしって、木《き》こりさんを岩《いわ》にぶつけたじゃないか!」

「大変失礼《たいへんしつれい》しました。しかし、帽子《ぼうし》の呪文《じゅもん》をとなえたご主人様《しゅじんさま》の願《ねが》いをかなえるのが、私《わたし》たち一族《いちぞく》のむかしからの掟《おきて》なのです」

「ぐぎぎぎが。ではみなさん、私《わたし》たちをエメラルドの都《みやこ》へ運《はこ》んでくれますか?」

「かしこまりました。一時間以内《じかんいない》におとどけします」

木《き》こりとかかしには大人《おとな》の猿《さる》が、ドロシーには女《おんな》の子《こ》の猿《さる》が、ライオンには三匹《びき》の大《おお》きな猿《さる》が、トトにはかわいい子《こ》どもの猿《さる》がつきました。ふわり、とまいあがった猿《さる》たちは、東《ひがし》の方角《ほうがく》に向《む》けてパタパタと飛《と》びます。

「野《の》ねずみさん！　どうもありがとう！」

ドロシーは野《の》ねずみの女王《じょおう》にあいさつをしました。

「またいつでも呼《よ》んでくださいな。あなたたちの夢《ゆめ》が、どうかかないますように！」

そう言《い》われて感《かん》きわまったドロシーは、泣《な》いてしまいました。

それを見《み》た猿《さる》たちも、翼《つばさ》をはためかせながら、思《おも》わずもらい泣《な》きしました。

13 オズの正体《しょうたい》

「お前《まえ》たち、よくぞ帰《かえ》ってきた！」

エメラルドの都《みやこ》に到着《とうちゃく》すると、緑色《みどりいろ》の門番《もんばん》がドロシーたちを手《て》あつく出《で》むかえました。ドロシーが金色《きんいろ》の帽子《ぼうし》をかぶっていたので、西《にし》の魔女《まじょ》を退治《たいじ》したことがすぐにわかったようです。

「早《はや》くオズ様《さま》にお会《あ》いするがよい。きっとお前《まえ》たちの望《のぞ》みをかなえてくれるだろう！」

ドロシーは、これでやっとカンザスに帰《かえ》れると思《おも》い、涙《なみだ》があふれそうでした。

鍵《かぎ》のついたメガネをかけ、一行《いっこう》は部屋《へや》でオズを待《ま》ちます。しかし、どれだけ待《ま》ってもオズはあらわれません。

「オズ様《さま》？　いらっしゃるなら、返事《へんじ》をして！」

「カシカシ、おいら、脳《のう》みそがほしくてたまらないってば！」

「ぐがぎご、私《わたし》に心《こころ》をくださるやくそくはどうなったのですか？」

「がお、勇気《ゆうき》、ぼくの勇気《ゆうき》、ぼくの勇気《ゆうき》は」

いらいらしたライオンは、迫力満点《はくりょくまんてん》の大《おお》きな声《こえ》で、がおがおがお、と吠《ほ》えました。その声《こえ》におどろいたトトが、部屋《へや》のおくのついたてをたおしてしまいました。すると……！

「え？　あなたは、どなた？」

たおれたついたての向《む》こう側《がわ》に、**顔《かお》がしわくちゃの小《ちい》さな老人《ろうじん》**がひとり立《た》っていました。老人《ろうじん》は気《き》まずそうな表情《ひょうじょう》をしています。

「あの……オズ様《さま》は……」

「ごめんなさい。オズは私《わたし》なんです」

「え!? 今《いま》、なんて？」

「オズは、私《わたし》なんです……」

一行《いっこう》はあっけにとられ、言葉《ことば》をうしないました。あの大《おお》きな頭《あたま》はなんだったのか。あの美《うつく》しいご婦人《ふじん》は、五つ目《め》の化《ば》け物《もの》は、燃《も》えさかる火《ひ》の玉《たま》は、一体《いったい》なんだったのでしょう。

「ぐがぎが、あなたは、私《わたし》たちをだましていたのですか？」

「いや、その……だましていたわけではありません」

「カシカシ、じゃあ、なにか魔法《まほう》を見《み》せてよ！」

「そ、それは……」

ドロシーは、こんなにがっかりしたのは生《う》まれてはじめてでした。

だって、カンザスに帰《かえ》る願《ねが》いなど、この老人《ろうじん》にかなえられるわけがありません。

「あなたはうそをついて、この国《くに》の王《おう》になりすましているのね？」

「は、はい。あの、私《わたし》はもともとオマハで、サーカスの団長《だんちょう》をやっていたんです」

「え？　オマハって、あのオマハ？」

「そう、カンザスのすぐ近《ちか》くの街《まち》です」

小《ちい》さな老人《ろうじん》は顔《かお》をくしゃくしゃにさせました。

「ある日《ひ》、サーカスの宣伝《せんでん》のために気球《ききゅう》に乗《の》っていたんです。そしたら竜巻《たつまき》が来《き》て、はるかかなたに飛《と》ばされてしまいました。おりたったのが、このエメラルドの都《みやこ》。私《わたし》が雲《くも》からおりてくるのを見《み》て、街《まち》の人《ひと》たちが口々《くちぐち》に『魔法使《まほうつか》い様《さま》だ！』と言《い》うんです。それ以来《いらい》、私《わたし》はずっと、魔法使《まほうつか》いオズになりすましているのです」

「カカシシカシ、よくばれなかったな」

「この街《まち》をすべて美《うつく》しい緑色《みどりいろ》にしたのも私《わたし》なんです。でも、正確《せいかく》には、緑色《みどりいろ》に見《み》えるトリックがあって……、サーカスで使《つか》っていたこのメガネを使《つか》って……」

老人《ろうじん》はみんなのメガネの鍵《かぎ》をはずしていきました。

「あれ？　ほんとだ。緑色《みどりいろ》じゃない！」

このメガネを通《とお》して見《み》た世界《せかい》は、すべてが緑色《みどりいろ》に見《み》えるようになっていたようです。

「がお。ひょっとして、はじめて会《あ》ったときの姿《すがた》もトリック？」

「ええ、岩《いわ》ほどの大《おお》きな頭《あたま》も、世界一美《せかいいちうつく》しいご婦人《ふじん》も、目《め》が五つの化《ば》け物《もの》も、緑《みどり》に燃《も》えさかる火《ひ》の玉《たま》も、すべてサーカス時代《じだい》に私《わたし》がおぼえたトリックです。ですがあなたたち、本当《ほんとう》に西《にし》の魔女《まじょ》をたおしてしまうなんて……。ありがとうございます！」

「カカシカシ、ありがとうじゃなくて、おいらは脳《のう》みそがほしくて、知恵《ちえ》をつけたくて、ずっとこの旅《たび》をつづけてきたんだよ。なんとかしてくれってば！」

「でも、かかしさん」

オズは落《お》ちついた口調《くちょう》で言《い》いました。

「あなたはもう、じゅうぶんに知恵《ちえ》をつけたのでは？　カリダーから逃《に》げられたのは、あなたの知恵《ちえ》のおかげだと門番《もんばん》に聞《き》きました」

「そ、それは……そうかも、カシカカカシ」

「あの、かかしさんはともかく、私《わたし》はいつまで、心《こころ》のないブリキの木《き》こりとして生《い》きなければならないのでしょうか？　私《わたし》は心《こころ》がほしいんです」

「それだって、ごしんぱいなく。木《き》こりさんは、仲間《なかま》の命《いのち》を守《まも》るために戦《たたか》ったり、働《はたら》いたりしたじゃないですか。**木《き》こりさんにはもう、じゅうぶん心《こころ》がそなわっているようですよ**」

「ぐが……ぐがぐぎ」

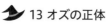

ブリキの木《き》こりは、かくかくかく、と首《くび》を動《うご》かしました。

「がお！　だけどぼくはまだ弱虫《よわむし》だよ。ぼくのほしい勇気《ゆうき》だけでも、どうにかしてよ！」

「でもライオンさん、あなたも、獣相手《けものあいて》に大《おお》あばれしたし、激流《げきりゅう》の川《かわ》もわたりましたね。**あなたはもう弱虫《よわむし》なんかじゃないんです**」

「が、がお……」

知恵《ちえ》や心《こころ》や勇気《ゆうき》――。

かかしと木《き》こりとライオンは、知《し》らず知《し》らずのうちに、手《て》に入《い》れたかったものを、手《て》に入《い》れていたのです。すべてはこの旅《たび》のおかげでした。一行《いっこう》はすばらしい旅《たび》をしたのです。

「だけどドロシーさん。カンザスに帰《かえ》るというあなたの願《ねが》いだけは、どうしたって私《わたし》には無理《むり》です。ごめんなさい、私《わたし》はただの老人《ろうじん》なのです」

「……そんな。だったら、私《わたし》はどうすれば」

「ひょっとしたら、ひとつだけ方法《ほうほう》があるかもしれない。それは……」

一行《いっこう》は、老人《ろうじん》のつぎの言葉《ことば》に耳《みみ》をかたむけました。

「気球《ききゅう》を作《つく》って、いっしょにカンザスに帰《かえ》るのです」

オズを名《な》のる小《ちい》さな老人《ろうじん》は、もともと気球《ききゅう》に乗《の》って、エメラルドの都《みやこ》にやってきました。

だから気球《ききゅう》のことには、人一倍《ひといちばい》くわしかったのです。

14 気球《ききゅう》で帰《かえ》ろう

老人《ろうじん》は気球《ききゅう》に乗《の》ってカンザスに帰《かえ》る方法《ほうほう》を説明《せつめい》してくれました。

「なるほど。気球《ききゅう》を作《つく》って、それに乗《の》って、あなたはオマハ、私《わたし》とトトはカンザスへ帰《かえ》るのね。でもあなたは、エメラルドの都《みやこ》に未練《みれん》はないの？」

「正直《しょうじき》なところ、今《いま》はもう、国《くに》のみんなにウソをつきつづけるのがつらくて……。そろそろ本当《ほんとう》の自分《じぶん》にもどりたいのです」

「そうね。あなたのためにも、みんなのためにも、そのほうがいいと思《おも》うわ。それじゃあ、さっそく気球作《ききゅうづく》りをはじめましょう！」

ドロシーたちは、オズの指導《しどう》にしたがって、気球作《ききゅうづく》りをはじめました。三日三晩《みっかみばん》、針《はり》と糸《いと》で絹《きぬ》の布《ぬの》をぬいあわせると、六メートルをこえる大《おお》きな絹《きぬ》の袋《ふくろ》ができました。

「この袋《ふくろ》をかごに取《と》りつければ気球《ききゅう》の完成《かんせい》です。あとは空《そら》に飛《と》ばすための熱《あつ》い空気《くうき》が必要《ひつよう》なのですが。さて、どうしたものか」

「カシカシシ、木《き》を燃《も》やせばいいんじゃない？」

知恵《ちえ》を手《て》に入《い》れたかかしが言《い》い、みんなはうなずきました。木《き》こりはたくさんの木《き》を切《き》りたおし、ライオンがそれを運《はこ》びます。すべての準備《じゅんび》がととのったとき、老人《ろうじん》は言《い》いました。

「出発《しゅっぱつ》は明日《あす》の朝《あさ》。国《くに》のみんなには、雲《くも》の上《うえ》の魔法使《まほうつか》いに会《あ》いに行《い》く、と言《い》ってあります」

「あなたがいなくなってしまったら、この国《くに》は誰《だれ》が守《まも》るのですか？」

「それなんですけど……かかしさん。あなたにお願《ねが》いしたいのです」

「え？　おいらが？」

「それは名案《めいあん》だわ。知恵《ちえ》のあるかかしさんなら、安心《あんしん》だよ！」

ドロシーだけでなく、木《き》こりも、ライオンも、そしてトトも、その意見《いけん》に賛成《さんせい》でした。かかしはてれくさそうにしていましたが、みんなにほめられて気分《きぶん》がよさそうでした。


翌日《よくじつ》、ついに出発《しゅっぱつ》の日《ひ》がやってきました。

「みんなのおかげで、ついにカンザスに帰《かえ》ることができる。ちょっとさびしいけど……みんな、本当《ほんとう》にありがとう！」

「ドロシーさん、乗《の》ってください！」

気球《ききゅう》のかごから老人《ろうじん》がさけびました。

ドロシーとトトが気球《ききゅう》に乗《の》りこもうとしたそのときです。ふいに強《つよ》い風《かぜ》が吹《ふ》き、気球《ききゅう》をつないでいたロープがほどけてしまいました。

「**ああ！**」

またたく間《ま》に気球《ききゅう》は地面《じめん》から離《はな》れ、空《そら》のかなたにすいこまれていきました。

「**ま、待《ま》って！**」

「ド、ドロシーさん！　もう手《て》おくれです！　お先《さき》に〜〜」

ドロシーはあまりのショックで、しばらくそこから動《うご》けませんでした。

15 陶《とう》器《き》のお姫《ひめ》様《さま》

最後《さいご》の手段《しゅだん》と思《おも》っていた気球《ききゅう》による方法《ほうほう》も失敗《しっぱい》に終《お》わり、旅《たび》の一《いっ》行《こう》は肩《かた》を落《お》としました。

「ドロシーさん。かかしさんや私《わたし》たちといっしょに、エメラルドの都《みやこ》でくらすというのはどうでしょうか。ぐがぎぐ」

この旅《たび》で心《こころ》を取《と》りもどした木《き》こりが、やさしく言《い》いました。

「ありがとう。でも、それはできない。エムおばさんやヘンリーおじさんが、きっと今《いま》でもしんぱいしてるから……」

「がおがお、空《そら》飛《と》ぶ猿《さる》たちにお願《ねが》いするのはどうかな？」

「カシシ、それも無理《むり》だよ。彼《かれ》らはこのオズの国《くに》の外《そと》には飛《と》べないんだよ。そうだ！　ひとまず物知《ものし》りそうな門番《もんばん》に相談《そうだん》してみよう」

相談《そうだん》を受《う》けた門番《もんばん》は、最初《さいしょ》は首《くび》をかしげていました。しかし、しばらくすると、これしかない！　という顔《かお》でドロシーたちに話《はな》しはじめました。

「**南**《みなみ》**の国**《くに》**の魔女**《まじょ》**・グリンダ**に会《あ》うといい。彼女《かのじょ》は北《きた》の国《くに》の魔女《まじょ》と同《おな》じく、とても親切《しんせつ》な魔女《まじょ》じゃ。カンザスの街《まち》に行《い》く方法《ほうほう》も、きっと教《おし》えてくれるじゃろう」

「……そうね。わかった。私《わたし》、南《みなみ》の国《くに》の魔女《まじょ》に会《あ》いにいく。それでもダメだったら、もうあきらめるわ」

「しかしじゃ。南《みなみ》の国《くに》は砂《さ》漠《ばく》のはてにあって、そこへの道《みち》は……」

「カシカシシ、けわしいんだよな」

「ぐがぎぐぐ、それでも大丈夫《だいじょうぶ》。私《わたし》たちが最《さい》後《ご》までおともします」

「……最《さい》後《ご》までみんなにたよってしまってごめんね。でもあと、もうちょっとだけ。みんなの知《ち》恵《え》と、みんなの心《こころ》と、みんなの勇《ゆう》気《き》を分《わ》けてください！」

「まかせとけ！　がお！」

そのやりとりを見《み》ていた門《もん》番《ばん》の目《め》は少《すこ》しだけうるんでいました。

彼《かれ》は旅《たび》の一行《いっこう》の成長《せいちょう》に深《ふか》く感《かん》動《どう》していたのです。

「南《みなみ》の砂《さ》漠《ばく》はあっちじゃ。勇者《ゆうしゃ》たちよ、行《い》くがよい！」

こうして旅《たび》の一行《いっこう》の、正真正銘《しょうしんしょうめい》、最《さい》後《ご》の旅《たび》がはじまったのです。

南《みなみ》へ進《すす》めば進《すす》むほど、森《もり》はどんどん深《ふか》くなっていきます。

「みんな、油断《ゆだん》は禁物《きんもつ》だ！」

大声《おおごえ》で言《い》ったかかしが、いちばん油断《ゆだん》していたようです。道《みち》をふさぐ木々《きぎ》をどかそうとしたかかしを、とつぜんその木《き》がつかまえ、すごい力《ちから》で遠《とお》くへ放《ほう》り投《な》げたのです。

「カシシシシー、あぶない、あぶない。おいらがわらじゃなかったら大《おお》けがしていたぞ。では木《き》こりさん、よろしく」

「すでにはじめています。ぐ、が、ぎ、ぐ、が」

ブリキの木《き》こりは目《め》の前《まえ》の木々《きぎ》を切《き》りたおし、ふさがれていた道《みち》を通《とお》してくれました。

「今《いま》の木《き》は、たぶん森《もり》の守衛《しゅえい》だわ。悪《わる》いよそものから森《もり》を守《まも》っているのよ。ということは……この先《さき》になにかあるはず」

「がお！　あれを見《み》て！」

目《め》の前《まえ》に、真《ま》っ白《しろ》な壁《かべ》が立《た》ちはだかっていました。

「カシシシ、これ、陶器《とうき》でできているね」

「ぐがぎぐ、壁《かべ》はどこまでもつづいているし、こわすのもむずかしいようです。私《わたし》が木《き》ではしごを作《つく》るので、それでこの壁《かべ》をのりこえましょう」

切《き》りたおした木々《きぎ》で作《つく》った即席《そくせき》のはしごをのぼると、そこには目《め》をうたがうような世界《せかい》がひろがっていました。

真《ま》っ白《しろ》な道《みち》と、真《ま》っ白《しろ》な家《いえ》。屋根《やね》は赤《あか》や青《あお》にぬられていて、そのすべてが陶器《とうき》でできています。そしてそれらは、すべて、とっても小《ちい》さかったのです。

建物《たてもの》だけではなく、人《ひと》や家畜《かちく》もすべてが陶器《とうき》で、みんなドロシーの手《て》のひらにのるくらいの小《ちい》さなサイズ。それなのに……、

「う、動《うご》いてる!?」

ライオンが目《め》を丸《まる》くして言《い》いました。**なんと陶器《とうき》でできた人《ひと》や動《どう》物《ぶつ》が、この小《ちい》さな世界《せかい》で動《うご》いて生活《せいかつ》していたのです。**勇気《ゆうき》を手《て》に入《い》れたライオンも、この光景《こうけい》にはおどろきをかくせません。

「がお、ふまないようにしなきゃ」

南《みなみ》の国《くに》へ行《い》くためには、この世界《せかい》を通《とお》りぬける必要《ひつよう》があります。

ドロシーたちは割《わ》れやすい陶器《とうき》の家《いえ》や人《ひと》をこわさないように、おそ

るおそる歩《ある》きはじめました。

「え！　まあ！　なんてかわいいのかしら！」

とても美《うつく》しい人形《にんぎょう》のようなお姫様《ひめさま》が、とことこ歩《ある》いていました。

もちろん、そのお姫様《ひめさま》も陶器《とうき》でできています。

ドロシーは美《うつく》しい陶器《とうき》のお姫様《ひめさま》を、持《も》って帰《かえ》りたいと思《おも》いました。

「そこのおかた」

ドロシーが声《こえ》をかけると、陶器《とうき》のお姫様《ひめさま》はカツカツと音《おと》を立《た》ててて逃《に》げようとしました。

「どうか逃《に》げないで。私《わたし》、あなたがあまりにもかわいらしいので、持《も》って帰《かえ》ってみんなに見《み》せてあげたいと思《おも》ったの。あなたを持《も》って帰《かえ》ってはダメかしら？」

「そんな無茶《むちゃ》を言《い》わないで。私《わたし》たち、こう見《み》えても生《い》きているのです。あなたがた人間《にんげん》は、私《わたし》たちをガラスのケースに閉《と》じこめて、身《み》動《うご》きできないようにするんじゃなくて？」

思《おも》いもしなかったことを言《い》われて、ドロシーはドキッとしました。

「陶器《とうき》の国《くに》の人《ひと》たちが生《い》きているなんて、今《いま》まで全《まった》く知《し》らなかったの。もうそんなこと、のぞまないわ。本当《ほんとう》にごめんなさい」

「そうですか。私《わたし》たちは、この国《くに》から出《で》てしまうと、かたまって動《うご》けなくなるのです。ここでの生活《せいかつ》は本当《ほんとう》に幸《しあわ》せです。どうかそっとしておいてください」

ドロシーは「うん」と小《ちい》さくうなずきました。旅《たび》の一行《いっこう》はそれからずっとだまって、陶器《とうき》の国《くに》を静《しず》かに通《とお》りぬけたのです。

「がお、いやあ、世界《せかい》って、本当《ほんとう》にひろいですね。ぼくの知《し》らないことばかり」

「そうね。私《わたし》たち、この旅《たび》でいろんなことを学《まな》んだわよね……。あともう少《すこ》しだけがんばりましょう」

一行《いっこう》は森《もり》をさらに南《みなみ》へと向《む》かいました。

16 荒《あ》れた森《もり》の動物《どうぶつ》

「なんだかこの森《もり》、なつかしいにおいがするなあ」

ライオンが深呼吸《しんこきゅう》をしながら言《い》いました。しかし、ドロシーたちにとってはとても気分《きぶん》の悪《わる》い森《もり》でした。地面《じめん》はしめってぬかるんでいるし、草《くさ》はのびほうだい。まったく人間《にんげん》の気配《けはい》のしない、荒《あ》れはてた森《もり》です。

「カシシシ、ドロシーさん、あっちで動物《どうぶつ》たちの声《こえ》が！」

耳《みみ》をすますと、いろんな動物《どうぶつ》の声《こえ》が聞《き》こえました。トトはこうふんして、ワンワン鳴《な》きながら、あたりをかけずりまわっています。

「がお、ぼくが行《い》って、話《はなし》を聞《き》いてきます」

ライオンは動物《どうぶつ》のむれの中《なか》へ入《はい》っていきました。そこにはトラ、ゾウ、クマ、オオカミ、キツネなど、大小《だいしょう》さまざまな動物《どうぶつ》が百頭《とうい》以上集《じょうあつ》まっていました。

「おお、あなたは百獣《ひゃくじゅう》の王《おう》ライオン！　どうか私《わたし》たちのなやみを聞《き》いてください！」

大《おお》きなトラがライオンに気《き》づいて、話《はな》しかけました。

「実《じつ》はこの森《もり》がピンチなんです。ゾウよりも大《おお》きく、チーターよりもすばしっこく、ハイエナよりもお腹《なか》をすかせた、みにくいクモが住《す》みついてしまったのです。私《わたし》たちの仲間《なかま》はつぎつぎと食《た》べられてしまい……、みんな夜《よる》も眠《ねむ》れません。ちょうど今《いま》その話《はな》し合《あ》いをしていたら、あなたがあらわれたのです」

ゾウよりも大《おお》きなクモ……。ライオンにはまったく信《しん》じられません。

「ここには、ぼく以外《いがい》にライオンはいないのですか？」

「ざんねんながら、みんなクモにやられて……」

ライオンは逃《に》げだしたくなりましたが、それではむかしの弱虫《よわむし》にもどってしまうと思《おも》いました。

「がお！　ぼくにまかせて！」

ライオンは力強《ちからづよ》くやくそくしたのです。

ライオンはクモがいる場所《ばしょ》を教《おし》えてもらいました。そこに向《む》かうと、トラが話《はな》していたとおりの、みにくくて巨大《きょだい》なクモがいました。

しかしそのときクモは、お腹《なか》を上《うえ》にしてスヤスヤ眠《ねむ》っていたのでした。

（こんなチャンスはないぞ。あの細《ほそ》い首《くび》をねらって、一発《いっぱつ》でしとめよう！）

ライオンは大《おお》きくはねあがり、クモの首《くび》すじに爪《つめ》をふり下《お》ろしました。そして一撃《いちげき》でクモをたおしてしまったのです。

それを知《し》ったトラたちは大《だい》こうふんでした。

「ありがとうございます！　**ライオンさん、もしよければ、この森《もり》の王様《おうさま》になってくれませんか？**　あなたがいれば百人力《ひゃくにんりき》です！」

「ぼ、ぼくが王様《おうさま》!?　ちょっと恥《は》ずかしいけど……、やってみようかな。ただし、ドロシーさんをカンザスの街《まち》に送《おく》りとどけるまで、この旅《たび》は続《つづ》きます。そのあとでもよければ……」

「ぜひお願《ねが》いします！」

ライオンはてれくさそうに、鼻《はな》をこすっていました。

ドロシーたちは、すっかり一人前《いちにんまえ》になったライオンを、とてもほこらしく思《おも》いました。

17 南《みなみ》の国《くに》の魔《ま》女《じょ》

長《なが》い長《なが》いこの旅《たび》も、いよいよクライマックスです！

はたしてドロシーはカンザスへ無事《ぶじ》帰《かえ》れるのでしょうか!?

荒《あ》れた森《もり》をぬけだし、けわしい丘《おか》をこえ、どこまでもつづく砂漠《さばく》さえもこえ、旅《たび》の一行《いっこう》はついにたどりつきました。

なにもかもが**赤色《あかいろ》の街《まち》・クワドリング**。

南《みなみ》の国《くに》の魔女《まじょ》は、この街《まち》でいちばん大《おお》きな城《しろ》に住《す》んでいます。

クワドリングの人々《ひとびと》はみんなずんぐりとした体型《たいけい》で、おそろいの赤《あか》い服《ふく》を着《き》ていました。赤《あか》い家《いえ》から出《で》てきた、農家《のうか》のお母《かあ》さんに、ドロシーはたずねました。

「すみません。私《わたし》たち、この国《くに》の魔女《まじょ》グリンダに会《あ》いにやってきました。お城《しろ》はどちらですか？」

「まあ、お客《きゃく》さんなんてめずらしい！　お城《しろ》はすぐそこよ。ほら、あの、赤《あか》いお城《しろ》」

「わ！　キレイ！」

赤《あか》くそまったお城《しろ》は、とてもきれいでした。

ドロシーたちは、いちもくさんにお城《しろ》の前《まえ》まで行《い》き、これまた赤《あか》い制服《せいふく》でびしっと決《き》めたりりしい女性兵士《じょせいへいし》に事情《じじょう》をつたえると、いとも簡単《かんたん》にお城《しろ》の中《なか》に入《い》れてもらえました。

「こちらで少々《しょうしょう》お休《やす》みください」

女性兵士《じょせいへいし》が案内《あんない》してくれた部屋《へや》には、風呂《ふろ》や化粧室《けしょうしつ》、大《おお》きな鏡《かがみ》がそなえられていました。みんな大《おお》よろこびで、身《み》なりをととのえます。

ドロシーは髪《かみ》を洗《あら》い、かかしはわらの体《からだ》にくしを入《い》れ、木《き》こりは関節《かんせつ》に油《あぶら》をさし、ライオンはたてがみのほこりをはらいました。トトも体《からだ》をぺろぺろなめて身《み》づくろいをします。

「みなさん、どうぞこちらへ」

女性兵士《じょせいへいし》についていくと、ついにそのとびらは開《ひら》きました。

「いらっしゃい、旅《たび》のおかた」

やさしく出《で》むかえてくれたのは、南《みなみ》の国《くに》の魔女《まじょ》・グリンダでした。

なにもかもが赤《あか》い部屋《へや》に、これまた深紅《しんく》のルビーのいすがあります。グリンダは純白《じゅんぱく》の美《うつく》しいドレスをまとって、そこにこしかけていました。

「う、うつくしすぎます！」

冷静《れいせい》なブリキの木《き》こりでさえ息《いき》をのむほど、グリンダは絶世《ぜっせい》の美《び》女《じょ》でした。

「おじょうさん。すべてを話《はな》してごらんなさい？」

グリンダにうながされ、ドロシーはこれまでの旅《たび》について、一生《いっしょう》懸命《けんめい》、話《はな》しました。

家《いえ》が竜巻《たつまき》でふき飛《と》ばされたこと。東《ひがし》の国《くに》の魔女《まじょ》をたおしたこと。北《きた》の魔女《まじょ》にキッスされたこと。すばらしい仲間《なかま》たちに出会《であ》ったこと。西《にし》の魔女《まじょ》をやっつけたこと。オズ、という老人《ろうじん》がいたこと。カンザスの街《まち》に帰《かえ》るために、グリンダに会《あ》いにやってきたこと……。

話《はな》しているうちに、ドロシーは涙《なみだ》が止《と》まらなくなりました。

「ドロシー、よくわかったわ。あなたの願《ねが》いをかなえてあげましょう。そのかわり……」

南《みなみ》の国《くに》の魔女《まじょ》・グリンダは、ゆうがにほほえみました。

「あなたのかぶっている、金色《きんいろ》の帽子《ぼうし》を、私《わたし》にゆずってくれる？」

「は、はい、もちろん！　でも、どうしてですか？」

「私《わたし》がこの帽子《ぼうし》の魔法《まほう》を使《つか》えば、空飛《そらと》ぶ猿《さる》を三回《かい》まで呼《よ》ぶことができます。一回目《かいめ》はかかしさんをエメラルドの都《みやこ》へ。二回目《かいめ》はライオンさんを荒《あ》れた動物《どうぶつ》の森《もり》へ運《はこ》んでもらうわ。それぞれの国《くに》を、あなたたちが守《まも》るのです。そして三回目《かいめ》、木《き》こりさんは……」

「ぐ、ぐがぎぐぐ」

木《き》こりは緊張《きんちょう》して、体《からだ》をこわばらせました。

「あなたさえよければ、木《き》こりさん、西《にし》の国《くに》の王《おう》になってほしいの。まじめな黄色《きいろ》いウィンキーたちが、すっかりあなたを気《き》に入《い》っています。いかがでしょう？」

「は、はい、よろこんで！」

ブリキの木《き》こりは心《こころ》をこめて答《こた》えました。

こうしてかかし、ライオン、木《き》こりの行《い》く場所《ばしょ》が決《き》まりました。あとはドロシーとトトだけです。

「グリンダ様《さま》。カンザスは遠《とお》すぎて、猿《さる》たちに運《はこ》んでもらうのは無理《むり》なんです。私《わたし》たちはどうやってカンザスに帰《かえ》ればいいのでしょう？」

「ふふふ。あなたはいつだって、本当《ほんとう》は今《いま》すぐにでも、カンザスに帰《かえ》れるわ。カンザスどころか、どこへだって行《い》けるのよ。**その銀《ぎん》のくつさえあればね**」

「え？」

と、ドロシーは口《くち》を大《おお》きく開《あ》けました。

「**左右《さゆう》のかかとを三回鳴《かいな》らしてから、行《い》きたい場所《ばしょ》をとなえてごらんなさい。**まばたきしているあいだに、あなたは大切《たいせつ》な人《ひと》のところへ、ひとっ飛《と》びできるのよ」

銀《ぎん》のくつにそんな力《ちから》があったなんて、ドロシーはまったく知《し》りませんでした。

もしも最初《さいしょ》からわかっていたら……。

だけどそれでは大切《たいせつ》な仲間《なかま》たちと出会《であ》うことも、自分《じぶん》を成長《せいちょう》させてくれた、この旅《たび》をすることもありませんでした。

「グリンダ様《さま》。ありがとうございます。私《わたし》たち、カンザスの街《まち》に帰《かえ》ることにします。でも、その前《まえ》に……」

ドロシーはひと呼吸《こきゅう》おいて言《い》いました。

「みんな！」

「ドロシーさん！」

ドロシーたちは、ライオンのたてがみに顔《かお》をうずめ、もみくちゃになって別《わか》れをおしみました。そのあとドロシーは、ひとりずつに声《こえ》をかけていきました。

「かかしさん。あなたの知恵《ちえ》があれば、きっとエメラルドの都《みやこ》の人《ひと》たちを幸《しあわ》せにしてあげられるわ。親切《しんせつ》な門番《もんばん》さんといっしょに、いい国《くに》をつくってね」

かかしはおいおいと泣《な》きじゃくり、体《からだ》じゅうのわらがしめって、すっかり重《おも》くなってしまいました。

「木《き》こりさん。あなたの思《おも》いやりには本当《ほんとう》に助《たす》けられたわ。ウィンキーのみんなと、西《にし》の国《くに》を、世界《せかい》でいちばんやさしい国《くに》にしてね」

木《き》こりは涙《なみだ》が体《からだ》にこぼれてさびないよう、ライオンのたてがみでぬぐいました。

「ライオン君《くん》。あなたのその勇気《ゆうき》は、まさに百獣《ひゃくじゅう》の王《おう》だよ。荒《あ》れた動物《どうぶつ》の森《もり》を、おだやかな森《もり》にするのは、きっとあなたよ」

勇気《ゆうき》あるところを見《み》せるために、泣《な》くのをがまんしていたライオンでしたが、ドロシーの一言《ひとこと》でどっと涙《なみだ》があふれだしました。

そして、ついにそのときがやってきたのです。

ドロシーは最後《さいご》にみんなと、あくしゅしました。そして銀《ぎん》のくつの左右《さゆう》のかかとをカン・カン・カンと三度《ど》鳴《な》らし、大声《おおごえ》でさけびま

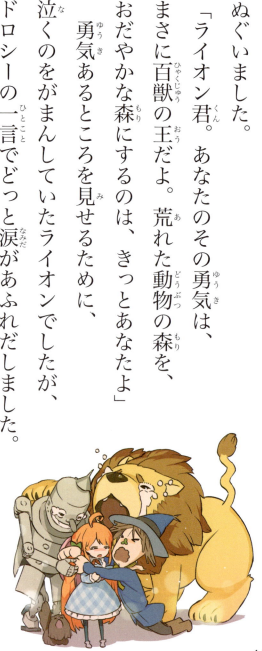

した。

「私《わたし》とトトを、エムおばさんとヘンリーおじさんのところへ！　私《わたし》たちが愛《あい》してやまない街《まち》、カンザスへ！」

ぐるん、ぐるん、ぐるん、ぐるん。

ドロシーはとつぜんうずを巻《ま》くように大空《おおぞら》にまいあがり、みんなの前《まえ》から一瞬《いっしゅん》で消《き》えてしまいました。

18 ただいまカンザス

「ワン！　ワワン!!」

「……トト……こ……ここは……？」

草《くさ》の上《うえ》にたおれていたドロシーは、トトの鳴《な》き声《ごえ》で目《め》をさましました。

何時間《なんじかん》も眠《ねむ》っていたのか、それともほんの一瞬《いっしゅん》気《き》をうしなっただけなのか、ドロシーにはわかりません。

でも、ひとつだけたしかなことがあります。

ここは、ドロシーがよく知《し》っている、あの、のどかな大平原《だいへいげん》です。

ふりかえってみると、新《あたら》しいぴかぴかの家《いえ》が、ぽつんとひとつたっていました。そのそばで、ヘンリーおじさんが牛《うし》の世話《せわ》をし、エムおばさんが水《みず》をくんでいます。

「おじさん！　おばさん！」

ふたりは作業《さぎょう》する手《て》をとめ、少女《しょうじょ》と子犬《こいぬ》を見《み》つめました。

「ド、ドロシー！」

「……ドロシー」

「ワオーン！　ワオーン！」

三人《にん》と一匹《ぴき》は目《め》を真《ま》っ赤《か》にして、ひさしぶりの再会《さいかい》をよろこびました。

「どれだけしんぱいしたことか。ドロシー、無事《ぶじ》だったのね！　愛《あい》してる！　愛《あい》してるわ！」
エムおばさんは何度《なんど》も何度《なんど》も、ドロシーにキッスをしました。
ヘンリーおじさんはトトを強《つよ》く抱《だ》きしめて、ゴリゴリほおずりをしました。

ドロシーとトトの冒険《ぼうけん》の旅《たび》は、ひとまずこれでおしまいです。
知恵《ちえ》をつけたわらのかかし。心《こころ》をもったブリキの木《き》こり。強《つよ》くなったライオン。
彼《かれ》らとの思《おも》い出《で》が、いつまでもドロシーの頭《あたま》をよぎります。
でも、ドロシーは、さびしくなんてありません。
いつだって会《あ》える。

みんなと会《あ》いたいときにはいつだって、ベッドの下《した》にかくしてある銀《ぎん》のくつをはいて、カン・カン・カンと三回《かい》鳴《な》らせばいいのですから！

作者《さくしゃ》と物語《ものがたり》について

ドキドキ大《だい》冒《ぼう》険《けん》に出《で》かけよう！

編訳《へんやく》／中村《なかむら》 航《こう》

『オズの魔法使《まほうつか》い』。この素晴《すば》らしい物語《ものがたり》は、今《いま》から100年《ねん》以《い》上前《じょうまえ》にアメリカで書《か》かれました。作者《さくしゃ》のライマン・フランク・ボームは、自《じ》分《ぶん》が子供《こども》たちに語《かた》って聞《き》かせたお話《はなし》を元《もと》に、この物語《ものがたり》を書《か》き上《あ》げたそうです。本《ほん》は大《だい》ヒットし、ミュージカルや映画《えいが》にもなりました。アメリカで生《う》まれた最《もっと》も有名《ゆうめい》な児童小説《じどうしょうせつ》として、今《いま》でも世界中《せかいじゅう》の子供《こども》たち、そして大人《おとな》たちにも愛《あい》されています。

主人公《しゅじんこう》のドロシーはみなさんと同《おな》じ年《とし》ごろの、ふつうの女《おんな》の子《こ》。そんなふつうの子《こ》が、遠《とお》い遠《とお》い、自分《じぶん》の全然知《ぜんぜんし》らないところに、竜巻《たつまき》で吹《ふ》き飛《と》ばされてしまったら、いったいどうすればよいのでしょう!?

こわくて、さびしくて、ドロシーは最初《さいしょ》、泣《な》くばかりでした。でも大好《だいす》きな子犬《こいぬ》のトトを見《み》つけて、自分《じぶん》がひとりぼっちじゃないことに気《き》づきます。やがて、おかしな旅《たび》の友《とも》が、くわわります。知恵《ちえ》のないかかし、心《こころ》のないブリキの木《き》こり、勇気《ゆうき》のないライオン、という、たのもしい（!?）仲間《なかま》たちです。

ふるさとに帰《かえ》る道《みち》のりは遠《とお》くけわしく、いじわるな魔女《まじょ》にじゃまをされます。でもドロシーは、いつまでも泣《な》いてばかりではありません。どんなにつらい旅《たび》でも、仲間《なかま》と一緒《いっしょ》なら乗《の》りこえられるはず。ドロシーとその仲間《なかま》たちは、旅《たび》をすることで、少《すこ》しずつ成長《せいちょう》していきます。

物語《ものがたり》のラスト。ぼくは書《か》きながら、感動《かんどう》して泣《な》いてしまいました。ドロシーとその仲間《なかま》たちのドキドキ大冒険《だいぼうけん》！　この素敵《すてき》な物語《ものがたり》が、みなさんの心《こころ》にものこってくれたら、とってもうれしいです！

おしえてビリギャル先生《せんせい》!!

読《どく》書《しょ》感《かん》想《そう》文《ぶん》の書《か》きかた

坪《つぼ》田《た》信《のぶ》貴《たか》

❶ワクワク読《よ》みをしよう！

「読書感想文《どくしょかんそうぶん》を書《か》くために読《よ》む」とか「宿題《しゅくだい》だから」じゃなくて、まずは楽《たの》しく本《ほん》を読《よ》もう。今《いま》まで考《かんが》えたこともなかったようなふしぎな世界《せかい》がまってるよ。そして読《よ》む前《まえ》とくらべて、ずーっと世界《せかい》が広《ひろ》がって、頭《あたま》もよくなっているんだ。そんなすがたを想像《そうぞう》してワクワクしながら読《よ》もう。

❷おもしろかったこと決定戦《けっていせん》！

本《ほん》を読《よ》みおえたら、なにがおもしろかったか（印象《いんしょう》にのこったか）考《かんが》えてみよう。セリフでも、なんでもいいから、本《ほん》を見《み》ないで紙《かみ》に書《か》きだしてみて。おわったら、こんどは本《ほん》をめくりながら、「ああ、これもおもしろかった」というのをあらためて書《か》こう。「一番《いちばん》」おもしろかったこと決定戦《けっていせん》をするんだ。

❸作戦《さくせん》をたてる（下書《したが》きをする）！

感想文《かんそうぶん》は、4つの段落《だんらく》にわけて書《か》くとうまくいくよ。【第《だい》一段落《だんらく》】は、この本《ほん》を読《よ》むきっかけや、そのときの出来事《できごと》。【第《だい》二段落《だんらく》】は、あらすじ。【第《だい》三段落《だんらく》】は、❷で決《き》めた一番《いちばん》おもしろかった（心《こころ》にのこった）こと。【第《だい》四段落《だんらく》】は、この本《ほん》を読《よ》んで、どんなことに気《き》づいたか、どんなことを学《まな》んだか、世界《せかい》がどう広《ひろ》がったか、自分《じぶん》がどうかわったか。

それぞれの段落《だんらく》に書《か》くことを、メモするようにかんたんに下書《したが》きしよう。

下書《したが》き

- この本《ほん》に出会《であ》ったきっかけは？
  旅行《りょこう》に行《い》く前《まえ》、本屋《ほんや》さんでみつけた。
- この本《ほん》のあらすじは？
  カンザスに住《す》むドロシーが、竜巻《たつまき》で飛《と》ばされて魔法《まほう》の国《くに》に行《い》き、大冒険《だいぼうけん》する。
- 一番心《いちばんこころ》にのこったところは？
  銀《ぎん》のくつの魔法《まほう》で、おうちに帰《かえ》るところ。ドロシーはおうちに帰《かえ》るための魔法《まほう》を知《し》らずにずっと身《み》につけていたの。
- この本《ほん》を読《よ》んで自分《じぶん》はどうかわった？
  旅行《りょこう》に行《い》く前《まえ》は「おうちに帰《かえ》りたい」なんて思《おも》わなかったけど、おうちに帰《かえ》ると家《いえ》がいちばんだなって、ほっとする。ドロシーも同《おな》じだったのかな。

4 作家《さっか》になったつもりで書《か》いてみよう！

ここからが本番《ほんばん》だ。まずは「タイトル」決《ぎ》め。みんなが「お！」と思《おも》うようなオリジナルのタイトルをつけてみよう。そして、【一文目《ぶんめ》】がすごく大事《だいじ》。自分《じぶん》が作家《さっか》の先生《せんせい》になったつもりで命《いのち》がけで書《か》いてみよう。

おうちに帰《かえ》りたくなっちゃう！『オズの魔法使《まほうつか》い』

六年《ねん》二組《くみ》　泥田都々《どろたとと》

うちは家族旅行《かぞくりょこう》をめったにしない。でもパパがたまに思《おも》いついたように旅行《りょこう》しようと言《い》いだすと、ママもお兄《にい》ちゃんもうきうきしてみんなで出《で》かけるのだ。この間《あいだ》の連休《れんきゅう》もそうで、私《わたし》は箱根《はこね》の本屋《ほんや》さんでこの本《ほん》を見《み》つけた。

この本《ほん》は、カンザスに住《す》むドロシーが、竜巻《たつまき》で飛《と》ばされて魔法《まほう》の国《くに》へ行《い》き、大冒険《だいぼうけん》しておうちに帰《かえ》る物語《ものがたり》。

一番心《いちばんこころ》にのこったのは、銀《ぎん》のくつの魔法《まほう》でおうちに帰《かえ》るところ。ドロシーは帰《かえ》るための魔法《まほう》を知《し》らずにずっと身《み》につけていたのだ。それって箱根《はこね》の温泉《おんせん》でポケットに特急券《とっきゅうけん》を入《い》れてたのをわすれてたパパとちょっとにてる。

旅行《りょこう》に行《い》く前《まえ》は「おうちに帰《かえ》りたい」なんて思《おも》わなかったけど、この本《ほん》を読《よ》んでみて、箱根《はこね》から帰《かえ》ると家《いえ》が一《いち》番《ばん》だなって思《おも》った。ドロシーも同《おな》じだったんだと思《おも》う。

5 さいごに読《よ》みかえそう！

さいごに自分《じぶん》の書《か》いた文章《ぶんしょう》を読《よ》みかえしてみよう。その感想文《かんそうぶん》を読《よ》む人《ひと》の気持《きも》ちを考《かんが》えながら、読《よ》みかえして、より楽《たの》しく読《よ》んでもらえる表現《ひょうげん》はないか、まちがった言葉《ことば》はないかなどを考《かんが》えてみよう。

これで、もうあなたも感想文《かんそうぶん》マスターです。どんどん本《ほん》を読《よ》んで感想文《かんそうぶん》を書《か》いてみてくださいね。

もっとくわしく知《し》りたい人《ひと》は…

「100年後《ねんご》も読《よ》まれる名作《めいさく》シリーズ」のページで、
ビリギャル先生《せんせい》が教《おし》える 動画《どうが》が見《み》られるよ！

https://www.kadokawa.co.jp/pr/b2/100nen/

100年後も読まれる名作 11
オズの魔法使い

2018年11月30日　初版発行
2024年 9 月10日　4版発行

作……L・フランク・ボーム
編訳……中村 航
絵……okama
監修……坪田信貴

発行者……山下直久

発行……株式会社 KADOKAWA
〒102-8177　東京都千代田区富士見 2-13-3
電話 0570-002-301（ナビダイヤル）

印刷・製本……大日本印刷株式会社

ISBN978-4-04-893778-8　C8097

「100年後も読まれる名作」公式サイト　https://www.kadokawa.co.jp/pr/b2/100nen/

デザイン　みぞぐちまいこ（cob design）
編集　田島美絵子（電撃メディアワークス編集部）
編集協力　工藤裕一（電撃メディアワークス編集部）

大《だい》人《にん》気《き》キャラクター「すみっコぐらし」の本《ほん》が発《はつ》売《ばい》中《ちゅう》だよ♪

「すみっコぐらし」の、楽《たの》しくあそべる本《ほん》をご紹介《しょうかい》♪　お友達《ともだち》やお家《うち》の人《ひと》となぞなぞにちょーせんしたり、イラストを作《つく》ったりしてあそんでね★

すみっコぐらし ～なぞなぞなんです～

好《こう》評《ひょう》発《はつ》売《ばい》中《ちゅう》! 定価《ていか》（本体《ほんたい》800円《えん》+税《ぜい》）

なぞなぞにチャレンジ!

①「ドシラソファミレド」の中《なか》にかくれている家《か》具《ぐ》ってなぁに?

②上《うえ》から見《み》ても下《した》から見《み》ても、まったく同《おな》じに見《み》える野《や》菜《さい》ってなぁに?

※答《こた》えはこのページの下《した》にあるよ。

すみっコぐらし スクラッチアート

好《こう》評《ひょう》発《はつ》売《ばい》中《ちゅう》! 定価《ていか》（本体《ほんたい》1,400円《えん》+税《ぜい》）

ペンでけずってイラストを完《かん》成《せい》させよう♪

スクラッチシートは全《ぜん》部《ぶ》で10枚《まい》あるよ♥

KADOKAWA　発行：株式会社KADOKAWA

なぞなぞの答《こた》え　❶ソファ　❷トマト